L'un seul

Collection dirigée par Hélène Bihèry

Du même auteur

L'Enfant de cœur, Série noire, Gallimard, 1993

Larmes de fond - Instantanés de polar, Éditions Baleine, 1995

À feu et à sang, Souris noire, Syros, 1996, réédition 2000

Les Pieds de la dame aux clebs, Le Poulpe, Éditions Baleine, 1996

Rock and vérole, collection Zèbre, La Loupiote, 1996

J'irai revoir mon Cotentin - Tourisme et polar, Éditions Baleine, 1998

Frères de sang, Syros (Souris noire), 1998, prix « 3 000 lecteurs 1998 »

Première édition La Loupiote, 1998, à l'exception de « Confidences sous l'oreiller », « Un trou » et « Staccato ».

Olivier Thiébaut

L'un seul

nouvelles

Éditions Lignes Noires

Pour François Braud
qui me demande toujours de mes nouvelles

La mort peut bien t'oublier un jour,
mais elle ne t'oubliera pas le lendemain.

Les Mille et Une Nuits

Confidences sous l'oreiller

Elle va savoir. Bientôt. Elle le sent. Elle a marché dans une merde de chien. Il paraît que ça porte bonheur. Gauche ou droit, elle ne se souvient plus de quel pied. Elle s'en fiche. Elle attend. Il va venir. Elle a quarante ans. Les fait. Un type s'arrête. Lui demande « Combien ? » Elle pense « Pas grand-chose ! » mais lui répond « Trop cher pour toi ! ». Le type hausse les épaules, passe son chemin. Elle a pu l'entendre maugréer « Vieille pute ! » Elle s'en tape. Elle est sûre qu'elle peut encore plaire. Le courant d'air qui s'engouffre entre ses cuisses le lui confirme. Elle se pense nue du corps. Elle a quand même un collant. Et une jupe. Le haut est également couvert. Son visage, c'est une autre affaire. Elle s'est fardée à outrance. Ça lui alourdit la peau des joues. Elle frissonne. Il ne fait pourtant pas froid. Paris est gris et tiède, paumé sous ses immeubles ternes.

Il va venir. Elle le sait. Même si, au fond, elle ne sait plus grand-chose.

Il est là. Devant elle. Il a l'air maladroit, emprunté.

Pas du tout comme elle se l'imaginait. Il pourrait être son fils. Ne l'est pas. Il la regarde à peine. Ne parvient pas à fixer son regard. Hésite entre les yeux, les seins, le bas de la jupe et le bout de la rue qu'il pourrait atteindre en dix enjambées.

– On monte ?

Elle l'a dit naturellement. Lui a indiqué d'un mouvement de cils un lieu à la fois réel et imaginaire. Un lieu ordinaire. Deux pièces, cuisine, salle de bains.

Le garçon est nerveux. Il scrute les alentours. Où rien ne transpire. Hormis la faune coutumière d'hommes, femmes, enfants et chiens caméléons. Tous aussi gris que Paris.

– Y a pas d'embrouilles ?

Elle pense « Tu me prends pour un flic ? » mais répond « T'as peur ? T'as peur de moi ? »

– Non, il lâche finalement en conservant toutefois un rictus de méfiance.

– Alors viens.

Elle le précède. Couloir, escalier, étages. Elle en rajoute dans la démarche. Exagère dans le déhanchement. Elle perçoit son souffle trois marches plus bas. Elle devine ses pupilles braquées sur ses fesses. Elle aime bien son cul. Le regarde chaque matin dans la glace. Il enfle moins vite que ses cernes. Ne se décharne pas comme son cou. Elle s'arrête au quatrième. Il scrute le palier assoupi. Elle sort une clé.

– C'est là, elle murmure.

Il est entré. Avec elle. Elle l'a senti encore tendu, au

début. Mais il est bien là. Plus relax, maintenant. Assis sur le pouf qui trône près de la fenêtre. Elle lui prépare un verre. Double dose de scotch bien tassée. Elle s'excuse pour les glaçons. N'en a pas. Elle revient vers lui.

– Alors, t'as ce qu'il faut ?

Il attrape le verre d'une main. De l'autre fouille dans son blouson. Il en extirpe un sachet qu'il balance, presque négligemment, sur le parquet. Le sachet glisse et butte contre le talon d'une chaussure. Elle le contemple quelques secondes. Revient sur son interlocuteur.

– Combien ?

– Comme convenu.

– Je n'ai que six mille.

– On avait dit sept.

– On peut toujours s'arranger, non ?

Il la jauge, hume son whisky, en avale une gorgée et grimace :

– Faut voir.

Elle sourit. Elle sait trop bien ce qu'il y a à voir derrière ce dialogue sans âme.

– T'en prends pas ?

– Non.

– Ça me prend la tête depuis tout à l'heure… T'as vraiment pas l'air junk.

– Je ne le suis pas.

– C'est pour qui, la dope ?

– Pour ma fille.

Il pousse un petit sifflement :

– Peut pas se débrouiller seule ?

– Si, mais je préfère que ça passe par moi.

– T'es cool comme mère !

Elle pense « Pas assez ! » mais répond « Trop ! » Ne sait pas si elle aurait dû dire l'inverse. Ou rien du tout. Ne rien dire, ne jamais rien dire. Elle en a la fugitive évidence. Il est nu à côté d'elle. Il a gardé son tee-shirt. Elle a conservé sa jupe. A juste enlevé le collant et le petit pull mohair qui la comprimait. Elle noue le préservatif. Le balance en direction de la corbeille. La rate. N'y prête aucune attention. Lui non plus. Il semble plus décontracté, maintenant. Moins méfiant et moins gauche depuis qu'il a tiré son coup.

Un homme apaisé. Pas totalement.

– Pour mille balles, je peux passer la nuit ?

– Si tu veux.

Il passe une main sur sa poitrine. En contourne les formes imparfaites. Elle tente de ne pas frémir.

– T'es bonne pour une pute.

Les mecs ont toujours le compliment facile, elle pense.

– J'suis pas une pute.

Il se marre.

– Et moi, j'suis pas dealer !

– Si tu le dis…

Il rigole de plus belle. Il attrape sa cuisse. L'attire contre lui. Elle ferme les yeux et soupire. Intensément.

Trois heures du matin. Elle ouvre un œil qu'elle n'a pas fermé. Il ronfle. Sa peau luit sous la lumière tamisée à l'extrême. Un vieux bout de rideau a fait l'affaire. Il s'est montré plutôt bon amant. A bandé ce qu'il fallait. Mécanique. N'en a pas rajouté dans les sentiments. Ça a même failli l'exciter.

Il ronfle.

Il est là.

Elle ne sait plus quoi penser. Ne dit rien. Se contente de l'effleurer. Il ne réagit pas. Il pionce. Elle se penche au-dessus de lui. L'observe à nouveau. Elle voit un grand enfant. Chétif, les os saillants.

Elle s'en imprègne encore.

Un presque vieux, finalement. Pas si gamin que ça. Une peau qui se couperose par endroit. Près et autour des ailes du nez. Finalement, elle se dit qu'elle n'est pas là pour regarder un homme dormir. Elle attrape un foulard qu'elle a planqué sous le matelas.

Il ne s'est rendu compte de rien. Elle a soulevé ses bras avec délicatesse. Les a attachés au montant du plumard. N'a pas regretté de l'avoir acheté dans une brocante. Ni d'avoir passé des heures à le retaper, à le récurer à la brosse à dents par endroits. Son goût pour le fer forgé l'amuse presque. Quand elle enjambe l'assoupi, c'est encore plus drôle. Elle se voit héroïne de *Basic Instinct*. Le début du film, seulement. La scène d'ouverture. Elle cherche sous son oreiller un pic à glace qu'elle aurait pu glisser. Elle a juste gardé sa haine. Bien au chaud dans sa mémoire.

Il se réveille enfin. Pas très frais. Il tente de ramener ses bras le long du corps. Ne peut pas. Des auréoles de sueur se forment sous ses aisselles. Il grogne.

– C'est quoi, ce plan ? T'as pas eu ta dose ?

Elle ne sait pas comment prendre cette dernière

question. Elle préfère sourire. Ne fait que ça depuis qu'elle est sur lui. Elle sourit. Bêtement, béatement. Alors qu'elle n'en a plus envie. Plus du tout.

– Si, même trop.

Elle l'a pensé et elle l'a dit.

– Arrête tes conneries, j'suis nase, moi.

– Moi pas.

Il ne comprend plus. Tente de se soustraire aux liens. N'y parvient pas. S'énerve.

– T'es sadomaso ? C'est quoi, ce plan ? il insiste.

Son sourire se fige. Ce plan, elle le prépare depuis longtemps. Trop longtemps.

Ça n'a pas été facile. Il lui a fallu deux ans. Où elle s'est heurtée à des murs d'immobilisme, d'incompréhension. Amis, famille, administration. Finalement, elle ne sait pas ce qui a été le plus douloureux. Le seul qui l'a comprise ou qui a fait semblant, c'est Frank. Mais elle l'a payé pour ça, ce détective privé. Pour enquêter là où elle ne le pouvait pas.

Pour savoir.

L'unique moyen, pour elle, de connaître enfin la vérité.

Il se sent mal avec cette femme au-dessus de lui. Trop de gravité dans ses prunelles. De dureté, soudain. Il tente encore de libérer ses poignets. N'y parvient toujours pas. S'énerve à nouveau. Elle reste froide. Elle est même glaciale.

– Merde, à quoi tu joues ?

– Je ne joue pas.

Elle en rajoute dans les silences. Elle l'impressionne. Elle en a la diffuse sensation.

Sa fille est morte il y a deux ans. Overdose, a conclu le légiste. Elle est venue reconnaître le corps. Les traces de coups, les ecchymoses sur le corps de son enfant ne lui ont pas échappé. Elle a questionné, tenté de réveiller les autorités. Elles sont restées sourdes. Une droguée, sa fille. Voilà tout ce qu'on lui a répliqué. La réponse ne l'a pas satisfaite. Alors elle a voulu savoir. Pour pouvoir continuer à vivre. Se dire qu'elle avait encore une raison d'exister. Au-delà de la disparition de son enfant. C'est pour ça qu'elle a payé un détective privé et de sa personne.

Il a maintenant un oreiller sur la tête. Elle s'en sert comme d'une arme. L'étouffe à intervalles réguliers. Relâche l'étreinte lorsqu'elle sent qu'il est à bout de souffle. Réitère son geste une bonne dizaine de fois. Reste muette à ses prières, ses doutes et ses craintes. Il pleure, maintenant. Ne comprend pas qu'on veuille le tuer pour sept mille francs de drogue. Elle le laisse parler. Elle suit le chemin des larmes sur ses joues. Elle pense à celles qui ne couleront plus jamais des yeux de sa fille. Bonne ou mauvaise mère, aveugle ou bornée, elle ne se pose plus de questions. Elle a juste la certitude qu'on a tué ce qu'elle avait de plus précieux. Et qu'IL y est pour quelque chose.

Elle a souvent failli renoncer. A mis sa vie entre parenthèses. Mais, chaque fois, quand la douleur était trop forte, elle revoyait son ventre. À l'époque où il gonflait. Parenthèse de vie.

Il a fini par raconter, avouer, se répandre. N'a pas supporté de suffoquer plus longtemps. Oui, ILS l'ont tuée. Un plan rigolo, au début. Une belle nana qui veut sa dose. Est prête à tout ou presque. Le presque fait toute la différence. L'indifférence aussi. Du moins pour elle. Le reste n'est que logique. La fille – la sienne – est sacrifiée.

Elle a compris. Trop bien. Elle a toujours su ou pressenti. Voulait juste avoir la confirmation. Quelque part, elle a entendu ce qu'elle avait toujours pensé. Ne se doutait simplement pas que ça passerait par cet oreiller qui lui meurtrit les paumes. La douleur de l'évidence et de ses conséquences immédiates.

Car soudain elle hésite.

Elle pourrait, elle pourrait… Le tuer. Le livrer à la justice. Lui pardonner. En vrac. Un désordre de possibilités. Qu'elle ne contrôle plus. Le goût de la vengeance à perdu quelque saveur. Celui du souvenir s'est étiolé. Un instant, elle se voit à sa place. Sous l'oreiller. Bourreau, victime. Dans sa tête, les frontières sont ténues et ses muscles bien fragiles.

Il le devine ou le croit :

– Tu vas faire quoi ? il implore.

Elle pense « Tu vas crever ! » mais répond « Je ne sais pas ! »

Nouvelle publiée dans le recueil
Clin d'œil à la nouvelle 1999, Éditions Le Castor astral.

Une vie de chiottes

– Nom, prénom ?

– Richard. Violette Richard.

– Rich…ard Vio…lette. Date de naissance ?

Violette s'empourpra légèrement. Elle se demanda si cela pouvait se voir sous le fard à joues. Par pure coquetterie, elle voulut remettre une des mèches de sa permanente en place. Avec les menottes qui lui sciaient les poignets, ce n'était franchement pas évident.

– Date de naissance ?

– 21 septembre 1936, monsieur.

– 21… sept…embre… 36… Profession ?

– Vendeuse de rose.

– Pardon ?

– Dame pipi, si vous préférez.

– Dame pip… Il n'y a pas un autre mot pour désigner votre métier ?

– Je n'en connais pas.

– Bon, on va mettre « technicienne de surface »… Pas d'objection ?

– Si, c'est réducteur, monsieur. Sans vouloir vous vexer, je préfère dame pipi. Ça n'enlève pas la dimension sociale.

– Comme vous voulez… Da…me… pi…pi.

Le jeune lieutenant de police releva le nez de sa machine à écrire et s'étira dans son fauteuil.

– Bien… Madame Richard…

– Appelez-moi Violette… Richard, ça me rappelle trop le nom de mon ivrogne de mari. Paix à son âme, au demeurant.

– Comme vous voulez. Donc, madame Violette, pouvez-vous m'expliquer ce que vous faisiez avec dix barrettes de haschich cachées dans votre sout… dans votre corsage ?

– Je ne faisais pas de mal, monsieur.

Le flic soupira. Contempla un instant cette femme très digne, assise là, devant lui, qui lui rappelait sa grand-mère, et pensa qu'il faisait vraiment un métier de merde.

Coincée dans la cage entre une prostituée fanée, deux punks écrêtés et trois pochtrons plus ou moins épicés, Violette Richard rêvait à l'ordinaire de sa vie. Une vie de faïence blanche et grise en sous-sol. Des heures et des heures de veille dans un monde aseptisé par ses soins.

À gauche, la porte des dames.

À droite, la porte des messieurs.

Ne pas confondre. Mais les pictogrammes stylisés à

l'extrême, robe pour les filles, pantalon pour les garçons, parlaient d'eux-mêmes. Sauf, peut-être, pour les travelos, les transsexuels, les couples pressés et les aveugles.

Au milieu, la petite table en acajou. Ornée d'une coupelle pour les pièces. Exceptionnellement pour les billets. En quarante-deux ans de boulot, ce n'était arrivé que trois fois. Trois billets bien secs et si légers qu'ils ne demandaient qu'à s'envoler au moindre souffle. Au moindre éternuement. Trois billets qu'il avait fallu rapidement éclipser. Par pudeur. Pour ceux qui ne pouvaient pas se montrer aussi généreux.

Derrière, le placard. Ah, le placard !... La caverne d'Ali Baba. Deux mètres carrés soigneusement agencés. Avec étagères sur deux niveaux. Hygiène, bouffe et culture. Balais, brosses, seaux, serpillières, détergents, réserve de PQ et déodorants délicatement parfumés à l'inférieur. Eau minérale, réchaud, ustensiles divers et bouteille de porto pour l'apéro, au milieu. Les livres au supérieur. Un peu de tout. Du cul à Proust. Violette avait une préférence pour Proust. *À la recherche du temps perdu*, elle le lisait et relisait, en boucle. Une ou deux pages par jour entre deux Arlequin. Proust, jamais personne ne lui avait demandé de le lire aux cabinets. Pas même les constipés qui préféraient des lectures plus imagées.

Devant, l'escalier. Ce que Violette voyait en priorité, c'était les pieds. Les pieds en disaient long sur la pointure des hommes ou des femmes qui le descendaient. Violette avait appris à connaître et reconnaître les gens à leurs pieds. Elle se trompait rarement sur une démarche, un cirage ou un lacet. Bien sûr, pour les pieds-bots, les estropiés, les culs-de-jatte et autres traîne-misère, c'était plus délicat. Mais si peu. Avec l'habitude.

Au-dessus, le plafond. Mais le plafond, c'était comme partout. Le plafond la renvoyait à une relative solitude. Celle des heures creuses partagées avec Proust et des mouches qu'il fallait bien exterminer à l'aide de la petite tapette en plastique rouge.

– Madame Violette… Madame Violette ne me prenez pas pour un c… Pour un abruti… Qu'est-ce que ces dix putains de barrettes de haschich foutaient dans votre corsage ?… Du tourisme ?

Il s'énervait, le jeune flic. Il les aimait bien, les grands-mères, les siennes surtout, mais jamais, il n'avait eu le dernier mot avec elles.

– C'est quoi du haschich, monsieur ?

– Ah, vacherie !… Mais dites-le-moi, madame Violette, dites-le moi… Vous dealez, hein ?… Vous dealez ?

– Je vous en prie, jeune homme, restez poli. C'est quoi du haschich ?

– Du haschich c'est… Ah, vacherie !… J'en peux plus, moi… Faut que j'aille pisser, là !

– N'oubliez pas de tirer la chasse, s'il vous plaît, monsieur.

Un jour, il n'y a pas si longtemps, Violette Richard s'était livrée à un rapide calcul. Combien de gens avait-elle vus, là, assise derrière sa chaise assortie à la petite table en acajou ? Combien de personnes étaient venues se déculotter ou se débraguetter à moins de trois mètres d'elle ? Elle était, par de savants calculs mentaux, arrivée au chiffre prodigieux de, au bas mot, un million. Un million de pipis cacas. Un million de besoins petits ou gros. Ça avait de quoi l'étourdir. Bien sûr, dans ce million, certaines têtes revenaient parfois. Comme celle de monsieur Robert. Un fidèle, un habitué. Réglé comme du papier musique, monsieur Robert. Tous les jours, à dix heures tapantes, il descendait faire son petit pissou après avoir bu son muscadet au Balto, le bistrot voisin. Et, lorsqu'elle s'étonnait – le Balto possédait ses propres toilettes – monsieur Robert répondait : « Certes, mais elles ne sont pas aussi bien entretenues que les vôtres ». Ce genre de clients, c'était son régal. C'était l'occasion de faire un brin de causette. De philosopher quelques minutes sur un monde qui foutait le camp. C'était aussi l'assurance de retrouver les lieux aussi propres qu'ils n'étaient avant qu'ils y entrent. Sauf, bien sûr, avec ce pauvre monsieur Michaud qui, sur la fin de sa vie, était en grande délicatesse avec sa prostate.

– Bien, madame Violette, maintenant vous allez me dire qui vous a fourni ces barrettes de haschich ?

Il était revenu, le jeune flic. Plus détendu. Cependant, la fine tache d'urine auréolant son jean n'avait pas échappé à Violette Richard. Elle avait souri intérieurement mais s'était bien gardé de faire le moindre commentaire. Ce n'était pas de sa faute si les gosses ne savaient plus s'égoutter convenablement la zézette.

C'était comme tout, l'éducation se perdait. Les bonnes manières également. Quant au bon usage du papier toilette…

– Madame Violette, vous m'écoutez ?

– Oui.

– Très bien, alors qui vous a fourni ces barrettes ?… J'ai tout mon temps, vous savez…

– C'est… C'est un garçon bien gentil.

– Ce garçon bien gentil, ce serait pas votre fils, par hasard ?

Alors que le flic se coulait derrière son bureau, Violette le foudroya du regard et du verbe. Et elle sortit cette phrase terrible, libératrice, qu'elle n'avait jamais osé prononcer en quarante-deux ans de carrière :

– Monsieur, vous avez pissé sur votre pantalon !

Un million. Que n'avait-elle pas vu sur ce million… Au sous-sol de la gare routière bordée, cernée de faïence blanche et grise. Toute l'humanité était représentée dans ce million. Des beaux aux laids. Des jeunes aux vieux. Des propres aux sales. Des riches aux pauvres. Des maigres aux gros. Des timides aux exubérants. Des joyeux aux tristes. Des cordiaux aux hargneux. Des généreux aux radins. Des humbles aux présomptueux. Des pressés aux contemplatifs. Des Blancs aux Noirs. Des flics aux voyous. Des cheveux longs aux crânes rasés. Des chieurs aux pisseuses. Et puis, aussi, en vrac, des porteurs de morpions, de gonocoques, des exhibitionnistes, des branleurs fous, des sournois, des soupeurs, des maniaques, des contestataires, des dragueurs, des m'as-tu-vu, des poivrots, des hagards, des chiasseux, des chafouins, des putes, des minables, des suicidaires, des SDF, des avortons, des avorteuses, des pétomanes, des graffiteurs, des gens, quoi. Une belle représentation du peuple France. Où quand les politiques pointaient leurs fraises, c'était juste pour se regarder le bout de la zigounette. À condition que leurs panses ne les en empêchent pas.

Bref, Violette Richard parlait souvent à tout ce beau monde et, parfois, elle regrettait. Si elle avait eu plus d'éducation, c'est psychanalyste qu'elle aurait fait comme boulot.

– Bon, on reprend... C'est donc votre fils qui vous fournit les barrettes. Profitant de votre statut d'honorable dame pipi, vous les écoulez tranquillement et votre charmant garçon vient plusieurs fois par jour relever les compteurs, ce qui explique que l'on n'ait retrouvé sur vous qu'un seul et unique billet de cent francs. C'est bien ça ?

– Oui, monsieur.

– Parfait... Et vous pouvez m'expliquer pourquoi vous vous prêtiez à ce dangereux négoce ?

– Il faut bien vivre, monsieur. Dame pipi ce n'est plus ce que c'était. Avec la crise, les gens donnent moins... Et depuis la mort de mon mari, j'ai bien du mal à boucler mes fins de mois.

– Je vois, soupira le flic. Et ça vous rapportait combien ce petit trafic ?... Ne me mentez pas, nous aurons les moyens de vérifier ce que vous allez dire.

Violette se racla poliment la gorge.

– Pardon, je n'ai pas bien entendu ?

– Trente mille.
– Trente quoi ?
– Trente mille francs… Par mois, monsieur.

Ce coup-ci, le jeune flic avait bien ouï. Et il ne put contenir un petit sifflement. Il préféra chasser bien vite de son esprit le fait que son salaire était beaucoup plus maigre. Parce qu'il l'aurait bien prise, lui, la place que madame Violette laissait vaquante. Pour payer son pavillon, il se serait bien vu monsieur pipi. Monsieur pipi et ses à-côtés. L'image le fit sourire. À sa connaissance, cela n'existait pas. Ça pouvait toujours contribuer à créer un nouvel emploi.

Violette Richard n'avait pas fait toute sa carrière à la gare routière. À dix-huit ans, elle avait commencé demoiselle pipi au tribunal de sa bonne ville. Elle avait vite appris à distinguer les robes. Elle avait également rapidement compris que la Justice était parfois un fléau et que les personnes qui la rendaient avaient, eux aussi, un trou de balle. Souvent plus sale qu'un autre. Aussi, quand quelques années plus tard on avait construit la gare routière, elle n'avait pas hésité. Elle avait changé d'Airwick. S'était rapprochée des gens comme elle, plus simples et plus vivants. Et pour finir avait vendu de ces barrettes dont elle ignorait tout mais qui, elle l'avait noté, rendaient souvent les hommes et les femmes bien plus souriants et détendus.

– Nom, prénom ?
– Richard. Violette Richard.
– Date de naissance ?

– 21 septembre 1936.

– Madame Richard, jurez-vous de dire la vérité, toute la vérité, rien que la vérité ?… Levez la main droite et dites « je le jure ».

– Je…

– Un problème, madame Richard ?

– Je… Oui… Il faut que… Il faut j'aille au petit coin.

Le jeune flic présent dans la salle ne put s'empêcher de sourire. Le juge soupira. D'un large balayage de la main, il indiqua aux deux gendarmes qui encadraient madame Richard qu'ils pouvaient l'accompagner jusqu'aux cabinets. Il regarda cette femme très digne, soigneusement pomponnée, quitter la salle à petits pas précis, la tête haute, les mains juste entravées par des menottes. Il soupira une nouvelle fois. Plongea machinalement le nez dans le dossier qui lui faisait face. Re-re-soupira en imaginant que la retraite de cette femme qui lui faisait penser à sa mère serait loin d'être dorée et se dit, en se touchant discrètement le bas-ventre, qu'il avait bien fait de prendre ses précautions.

Si elle avait dû choisir un mot pour résumer quarante-deux années de labeur, Violette Richard aurait opté pour « nostalgie ». Bien sûr, avoir, chaque matin et soir, les mains dans le pipi et les poils pubiens ce n'était pas toujours très excitant. Tout comme devoir récurer les inscriptions que d'indélicats poètes urbains laissaient sur les murs et les portes. Parfois même avec leurs propres déjections. Mais elle se souvenait aussi qu'un jour, un admirateur inconnu avait gravé à la pointe d'un couteau, dans un grand cœur percé, un très tendre et doux : « Violette, je vous aime » sur le dévidoir de papier. Elle n'avait pas pu s'empêcher de rougir.

Quand, bien encadrée par les forces de l'ordre, Violette Richard arriva aux toilettes, elle ne reconnut pas les lieux. Le progrès, la modernité et quelques travaux avaient remplacé la dame pipi qu'elle était par un appareil à pièces qui commandait automatiquement la porte. N'ayant sur elle qu'un billet qu'elle aurait souhaité déposer dans la petite coupelle manquante, elle emprunta deux francs à un des gendarmes et s'enferma dans la cabine dont la propreté laissait franchement à désirer. Elle n'en ressortit jamais. Elle se pendit à la chasse d'eau avec son soutien-gorge. Lorsqu'il fut prévenu et qu'il la découvrit, le juge pensa qu'il faisait vraiment un métier de merde.

Luxure, fruit de mort à l'arbre de vie.
Fruit défendu qui fait claquer les dents d'envie.
A. Samain

Le fruit défendu

– …

– …

Elle se trémoussa légèrement. Un cul de mammouth n'aurait pas arraché plus de plaintes à mon divan. Mais, bon, en toute objectivité, les petites fesses pointues faisaient autant de dégâts. Elles creusaient au lieu d'avachir. De toute façon, de divan, j'en changeais régulièrement. « L'usure ne doit pas se sentir chez le patient ! », me répétait à intervalles réguliers (environ six mois), mon très neutre et bienveillant vendeur en matériel médical. « L'usure se ressent comme une plaie de l'âme, une escarre des neurones qui finalement nuit au cri primal !… » Je ne sais pas qui l'avait formé en psychiatrie, l'artiste, mais mon divan était flambant neuf. Et voilà qu'à peine livré, Odile Postel en froissait déjà l'élégant velours grenat.

– …

– C'est pas si facile… C'est…

– …

Assis derrière elle dans un fauteuil en cuir que je ménageais sans peine, je pouvais voir sa poitrine se soulever par vagues au rythme d'une respiration relativement régulière. Un simple coup d'œil me renseignait généralement sur son état d'esprit de la semaine. Aujourd'hui, elle s'appliquait à tendre sa jupe sur des cuisses qu'elle tenait serrées.

– C'est à cette époque que j'ai rencontré Guillaume…

J'ai fermé les yeux en poussant un soupir intérieur. Celle-là, je la connaissais déjà. En trois ans d'analyse, elle avait dû me la raconter une bonne dizaine de fois avec un luxe de détails dont Courbet aurait pu s'inspirer pour *L'Origine du monde*. Elle ne radotait pas, elle rabâchait comme un vieux prof. À croire qu'elle les apprenait par cœur, ses histoires.

– Il avait une verge énorme…

Tiens, une variante. À une précédente séance elle n'avait pas pu s'empêcher de dire « queue ».

– D'une main, il a attrapé mes cheveux et il a forcé mes lèvres avec son sexe…

–…

– Et…

J'ai laissé l'anecdote se dérouler sans même avoir à regarder la petite pendule posée sur mon bureau juste à côté du presse-papiers en forme de pomme qui protège mes ordonnances des courants d'air. Je savais déjà que, dans dix minutes, après moult pénétrations dantesques, le pauvre Guillaume y laisserait un bout de prépuce en lui éjaculant dans la bouche.

Trois ans et quelques mois que je la supportais, Odile Postel. À raison d'une quarantaine de séances par an et d'une vingtaine de mecs par séance. C'est le Débarquement qui lui était passé sur le corps à Odile. Odile qui, selon ses dires, n'avait jamais connu le plaisir et dont je tentais de soigner l'anaphrodisie : un cas de frigidité totale.

Pour l'heure, je n'avais obtenu aucun résultat. Odile avait beau multiplier les amants et les positions, elle restait à peu près aussi sensible qu'une tringle à rideaux. Et ce malgré un père qui, dès sa plus tendre enfance, à peine sortie du berceau, s'était efforcé de lui enseigner les joies de l'amour partagé et l'art de l'emboîtement sous toutes ses formes. Ce n'est que bien plus tard qu'elle mesura les conséquences de ce débordement d'affection paternelle : elle n'était pas plus vaginale que clitoridienne. Même le titillement d'un mamelon ou l'effleurement d'une aréole ne parvenaient pas à la faire frémir. Ce qui fait que, au bout du compte, elle tirait des plaisirs de la chair autant de bonheur qu'un anorexique attablé devant une platée de nouilles *al dente*.

Odile en a terminé avec Guillaume en poussant un petit soupir. Cette aventure lui avait laissé un profond traumatisme et un coquard qu'elle avait mis quinze jours à camoufler derrière des lunettes noires. Tout bien considéré, ça eût pu être pire. Le fameux Guillaume avait plutôt bien toléré cette circoncision aussi sauvage qu'imprévue.

– …

– …

– Vous savez, docteur, je…

– …

– Cette… Cette nuit, je… J'ai rêvé de vous !

– …

Mes oreilles ont dû s'allonger de dix centimètres d'un coup. Pour cause, depuis que je la recevais, c'était la première fois qu'elle m'associait à sa personne. Avant de continuer, elle s'appliqua à tendre un peu plus sa jupe sur ses jambes et ses seins replets arrêtèrent presque leur mouvement ondulatoire.

– Comment dire, je… J'étais dans un très beau jardin plein de fleurs en train de croquer une pomme quand vous m'êtes apparu dans un halo de lumière. Vous étiez nu, docteur, complètement nu… Sauf que, comment dire, entre les jambes, vous…

– …

– C'est compliqué… Je ne sais pas si je dois…

– …

Malgré la curiosité, j'ai conservé ce mutisme, posé et distancié, qui fait la fierté de notre profession.

– Sauf qu'entre les jambes vous aviez un… Vous aviez un ver de terre à la place du sexe…

– …

– Un vrai ver de terre, docteur. Un lombric, quoi ! Pas plus épais que l'auriculaire. Un minuscule truc visqueux, marron avec des petits anneaux et qui se tortillait mollement. En fait, c'était un peu comme un cordon, comment dire…

– …

– Ombilical. Oui, c'est ça, ombilical !

« Lombric » et « ombilic », j'ai pensé qu'elle faisait là une association relativement intéressante et, un instant, je n'ai pas pu m'empêcher de me rappeler ce que je lui avais dit à la fin de notre dernière séance avant de refermer la porte sur sa silhouette parfumée à outrance : « C'est bon, on avance ! Faites-moi confiance, Odile ! »

– Vous croyez vraiment que c'est bien que je vous raconte tout ça ?

– …

Dans la douce quiétude de mon cabinet, j'ai vaguement perçu qu'elle fermait les yeux pour mieux se pénétrer de ses souvenirs diffus.

– Ça peut paraître bête, mais vous… Vous vous êtes approché de moi et… Votre visage était sévère mais, moi, vous comprenez, je regardais surtout votre ver de terre qui commençait à s'agiter comme la queue d'un chat pas content. Plus vous approchiez et plus il s'agitait en venant cogner contre vos cuisses. Il commençait à siffler, même…

Après avoir décroisé et recroisé mes jambes le plus discrètement possible, je me suis tassé au fond de mon fauteuil.

– …

– Il sifflait comme un serpent.

– …

– Je sais, c'est idiot, un lombric ça siffle pas mais, là, c'était comme un serpent de la taille d'un lombric…

– …

– Après, vous êtes arrivé tout près de moi et… Je sais plus très bien, je… Vous comprenez, j'avais du mal à regarder autre chose que le petit ver de terre qui sifflait…

– …

– Par contre, ce que je me souviens bien, c'est ce que vous m'avez dit !

– …

– Vous m'avez dit : « Arrête de manger cette pomme, c'est défendu ! ».

– …

– Vous avez aussi ajouté quelque chose du genre : « Tu crois que c'est de bouffer une putain de pomme qui va te donner du plaisir, salope ? »

– …

– Et moi, machinalement, j'ai pas pu m'empêcher d'en croquer une nouvelle bouchée.

– …

– Ensuite, je crois bien que vous vous êtes vraiment mis en colère…

– …

– Ce… C'était pas des mots… Vous… Vous avez tendu votre ver de terre vers moi !

– …

– J'ai…

Elle s'est arrêtée et s'est mise à sangloter. Un Amazone de larmes et de spasmes déferlait sur mon divan. Elle n'était plus qu'un corps charrié par le déluge. Un tumulte que j'ai laissé passer sans esquisser le moindre geste. Sans même lui tendre un mouchoir pourtant à portée de main.

– …

D'un revers de main, Odile Postel a raclé la congère de fard qui s'était formée sur sa pommette.

– Pardonnez-moi. J'en étais où ?

– …

Elle a tourné vers moi de grands yeux de naufragée qui cherche en vain la terre ferme.

– Ah oui, vous veniez de tendre votre ver de terre et vous… Vous me l'avez introduit…

– …

– Et là, ça m'a fait comme… Comment dire… Comme un électrochoc… Ô, docteur, je crois bien que j'ai… Si vous saviez comme j'ai joui !… Et le mieux, c'est que quand…

– …

– Quand je me… Quand je me suis réveillée… J'étais encore toute chose, docteur !… Enfin je veux dire que j'étais encore toute retournée… Je…

– …

– Vous n'allez pas me croire mais, rien qu'en serrant les cuisses et alors que j'étais tout à fait réveillée, j'ai eu un nouvel orgasme ! Dix fois plus puissant ! C'était Broadway… Mieux que ça, même. J'ai joui comme jamais !… Et grâce à vous, docteur, grâce à vous !

Ça faisait déjà une bonne minute que je caressais le presse-papiers en forme de pomme posé sur mon bureau. Et je ne sais plus très bien mais, à un moment, je l'ai soulevé le presse-papiers. Je l'ai soulevé et je l'ai abattu sur la tête de cette pauvre Odile qui cuvait son plaisir sans la moindre décence. Et j'ai dû m'acharner, m'acharner, encore et encore. Après, tout s'est mélangé mais il m'a semblé que j'avais éjaculé avant de la pénétrer.

Quelque temps plus tard, quand j'ai enfin retrouvé

mes esprits, j'ai pincé la petite bite, ce lombric qui m'avait valu bien des déboires sentimentaux, j'ai décroché le téléphone et j'ai composé le 17.

Je ne rêvais pas.

Le lendemain midi, une dépêche tombait dans les agences de presse : « Ne supportant plus qu'elle lui raconte ses problèmes sexuels, un psychiatre tue sa patiente ».

La concision du message fit bien marrer les enquêteurs qui avaient retrouvé, classés et numérotés, au domicile du docteur Y, les 69 films d'Odile Postel, une ex-star du X plus connue à son apogée sous le pseudonyme de Hymatoumi.

Quant à moi, au chaud dans ma cellule, aux frais du contribuable, il m'arrive certains jours de me tripoter le lombric en dégustant une pomme. J'ai un faible pour les reinettes.

Capitaine à dock

SM 303402. Une bordée qu'il attendait ça, Étienne. Depuis le temps qu'il arpentait le bassin de Penhoët. Qu'il observait la mouvance de son ombre surfer à la surface des eaux glauques illuminées par la Nuit des docks. Pseudo-féerie de bleu, jaune, rouge sur fond d'immensité rouillée. Parfois rehaussée du pâle éclat des étoiles dans ce ciel de port. Un soupçon d'éternité.

SM 303402. Pour Étienne, tout s'était figé sur une photo noir et blanc. D'une autre époque. Devenue un peu sépia avec les mois et les années alors qu'elle ne quittait jamais, pas même une seconde, sa poche portefeuille. Tout près de son cœur meurtri et de sa raison de survivre.

SM 303402. Le numéro de sécu du cargo en quelque sorte. Les chiffres, Étienne, il s'en foutait. Mais les lettres… Les lettres lui faisaient plus mal. Et il ne s'était pas privé de les torturer à sa manière. SM. Pour Sado Maso, Santa Maria ou plus simplement Saint-Malo. De l'autre côté du continent Bretagne. Un monde. En l'occurrence bien terre à terre. SM pour Siméon Médard, aussi et surtout. Coïncidence d'une seule et même histoire.

SM 303402. Étienne n'eut pas besoin de consulter sa photo. Il savait qu'il avait retrouvé son rafiot. Il stoppa sa soixantaine chaloupée dix mètres devant la proue du navire. Le monstre inerte, insensible aux caresses du léger clapot, le dominait de toute la puissance de ses milliers de tonnes de tôles méthodiquement rivetées et soudées par la main de l'homme. Il en fallait plus pour impressionner Étienne. Les méthaniers construits à Saint-Nazaire étaient d'un autre tonneau et inspiraient une tout autre crainte. Celle de voir l'un d'eux, rempli ras les soutes, exploser à la moindre étincelle. Tout serait rasé dans un périmètre de cinquante kilomètres. Adieu veau, vache, cochon et Nantes. Une cata sans précédent. Tchernobyl et son nuage pourraient planquer leurs métastases. Pendant des lustres, on ne parlerait plus que d'une toute nouvelle spécialité : le caramel nazairien.

SM 303402. Alentour, la brise marine était chargée d'une forte et nauséabonde odeur de tourteau de soja. Les silos en étaient gonflés. Cette puanteur n'allait pas tarder à venir engraisser les entrecôtes garnies dans les assiettes. De quoi rendre les vaches un peu plus folles.

SM 303402. Un flux de souvenirs submergea Étienne et, cette fois, son palpitant se mit à battre de façon désordonnée. Pour tenter d'endiguer cette vague d'émotion, le bonhomme plongea une main dans une des poches de son éternel caban et en extirpa un paquet de gauloises. Sans cesser de fixer la coque d'acier, Étienne attrapa un clope, arracha le filtre du bout des dents et le recracha, dérisoire fétu flottant, dans le bassin. L'allumette qu'il craqua illumina quelques instants sa trogne ravagée de rides dissymétriques, usée par l'âge, le climat et les chagrins à répétition. Cicatrices bien visibles d'une existence qu'il aurait souhaitée différente.

SM 303402. La fumée vrilla les bronches déjà bien encombrées d'Étienne mais lui apporta le semblant de sérénité qu'il recherchait. Bien avant de se brûler les lèvres sur l'incandescence du mégot, il sut qu'il irait jusqu'au bout. Il n'était pas sûr que la chance se présente une seconde fois.

SM 303402. Derrière, la ville assoupie. Et calme plat tout autour. Étienne engloba les lieux de son regard aussi vif que délavé et, sans l'ombre d'une hésitation, vint se tapir à l'abri d'un container abandonné contre un silo. Dix bonnes années qu'il attendait ce moment. Alors une heure de plus ou de moins. Pour patienter, il se mit à caresser les courbes froides et polies de l'Astra 680 qui sommeillait dans sa poche. On trouve de tout dans un port. Il suffit d'y avoir ses entrées. Pour ça, il ne faut pas dix ans si on sait y faire.

Océan Atlantique, lundi 27 mai 1986

Chers parents,

Trois jours déjà que je suis à bord et je trouve enfin le temps de vous écrire. La mer c'est génial et je ne regrette vraiment pas d'avoir arrêté mes études pour découvrir ça. D'ailleurs, c'est promis, c'est juste un break pour voir si je suis vraiment fait pour ça. « Les voyages forment la genèse », dit le capitaine qui a pas mal d'humour. Je suis bien d'accord avec lui. Même si c'est dur d'apprendre, je me sens déjà pousser la vocation. (...) Demain, on fait escale à Porto (j'essaierai de vous ramener une bonne bouteille) et après, cap sur l'Afrique. Les bananes ont intérêt à se mettre au régime ! Voilà, je suis bien fatigué, maintenant. Maman, sache que ton petit salé aux lentilles a fait fureur. Tout l'équipage en redemande.

Allez, je vous embrasse. Votre fils qui vous aime.

Siméon Médard, surnommé « SM que pourra »
par le second qui n'en rate pas une lui aussi.

Dans son encoignure, Étienne resserra le col de son caban sur son cou. Le port de Saint-Nazaire n'en finissait plus de bruire. Imperceptiblement. Rumeur gonflante et légers ronflements peut-être venus de la mer elle-même.

Saint-Louis, Sénégal, le 31 mai 1986

Chers parents,

Ah, l'Afrique !... J'aurais beaucoup à en dire mais, malheureusement, le temps me manque. (...) Sachez, toutefois, que ça y est, je l'ai mon baptême de mer, j'ai été bien incommodé dans une tempête de force 9. Creux de huit mètres et zef d'enfer. Mais rassurez-vous, je n'étais pas le seul et le petit salé aux lentilles de maman était déjà bien digéré. Je vais quand même aller voir un médecin car je me sens un peu patraque.

Votre fils préféré,
« SM bis » comme on m'appelle à bord.

Un bruit dans les parages. Étienne dressa l'oreille. Il reconnut rapidement le son de la barcasse des lamaneurs, plus loin, près de la base sous-marine, et décrispa ses phalanges qui s'étaient engluées sur la crosse du 38 spécial.

Porto, 2 juin 1986

Maman, papa,

C'est terrible. Les mots sont vains pour tenter de décrire une telle horreur. Cette nuit, le capitaine et son second ont trouvé des pauvres Noirs qui s'étaient clandestinement introduits à bord. Je ne sais pas s'ils étaient trois ou quatre ou plus mais j'ai été réveillé par leurs cris. Comme on n'était pas très loin des côtes, je crois bien qu'ils leur ont cassé les jambes avant de les jeter par-dessus bord. J'ai juste pu apercevoir le dernier qui basculait dans les flots en poussant un hurlement que je n'oublierai jamais. Normalement, personne n'a vu que j'avais vu mais, quand même, j'ai peur. Comme je ne parle pas le portugais, je ne peux pas aller voir la police locale. D'abord j'ai peur que les flics ne me croient pas et ensuite je suis consigné à bord. Si je sors, je me trahis. J'ai juste confié ma lettre au cuisinier qui était un des rares hommes d'équipage à ne pas faire partie du lynchage. J'espère qu'elle vous parviendra. Je n'ai pas le temps de vous en dire davantage. On verra ce qu'on peut faire à Saint-Nazaire.

Siméon Médard, votre fils qui vous aime
et n'est pas prêt de reprendre la mer.

Une larme, un embrun, une hypothétique goutte de pluie ? Étienne sentit le liquide tiède rouler doucement le long de sa joue ravagée. Il l'écrasa d'un doigt sec. La vie lui avait appris à ne pas refaire l'histoire.

Journal de bord du capitaine Erwan Lebrun
(Extrait du 03.06.86)

(...) 22 heures 40. Tempête rarement vue dans une vie de Malouin. Conséquences irréversibles. 43° 57' de latitude nord. 9° 45' de longitude ouest. Le jeune matelot Siméon Médard vient d'être emporté par une lame d'une taille exceptionnelle. Selon les premières conclusions, le susdit matelot Siméon Médard n'a pas respecté les consignes de sécurité émanant de l'officier en second Loïc Brouillard qui lui avait intimé l'ordre de se harnacher avant d'accéder au pont supérieur. Par ce temps, et afin d'éviter de mettre en péril la vie du reste de l'équipage, impossible de faire machine arrière pour tenter de le récupérer (avons juste pu lancer trois bouées). Impossible à récupérer, aussi, la peine de voir le plus jeune d'entre nous nous quitter de façon aussi tragique. (...)

Un bon moment qu'il attendait. Qu'il ruminait. D'où il était placé, Étienne englobait une partie du flanc et la proue du cargo. Proue sur laquelle, image toujours tangible, son fils, fier, un brin exubérant, les avait salués lui et sa mère, sans s'imaginer qu'il ne les reverrait jamais.

Affaire Médard-Lebrun
Une mascarade de procès ?
(Extraits du journal Ouest-France *le 17.01.87)*

Pour de nombreux observateurs, jusqu'au bout, le procès d'Erwan Lebrun n'aura été qu'une parodie de justice.

Après une délibération de plus de trois heures, les neuf jurés ont finalement acquitté le capitaine soupçonné d'avoir fait jeter à la mer son jeune matelot Siméon Médard dans la nuit du 3 juin 1986 au large des côtes espagnoles. (...) Les témoignages du médecin qu'il aurait consulté à Saint-Louis et du cuisinier indiquant que Siméon Médard souffrait de graves troubles psychologiques depuis le départ du Sénégal semblent avoir pesé lourd dans la balance. (...) Il reste que l'annonce du verdict a suscité une vive émotion dans la salle. Les témoins présents ne sont pas prêts d'oublier les hurlements d'Alice Médard, la mère de l'infortuné matelot. Bien après son départ les « assassins » déchirants qu'elle lançait à la cantonade semblaient encore résonner dans la cour d'assises.

Entre rires gras, pets huileux, rots acides et commentaires graveleux sur le potentiel sexuel qu'ils prêtaient à l'accorte serveuse du bistrot d'où ils sortaient, trois hommes s'arrêtèrent au bord du bassin de Saint-Nazaire. Jouant à qui pisse le plus loin dans les eaux déjà sales, ils se soulagèrent de concert d'un excédent de bières et d'alcool d'hommes. Satisfaits, ils ne cherchèrent même pas à lever les yeux pour voir si, aujourd'hui, leurs étoiles étaient bonnes.

ADÈLE MÉDARD À SON MARI

(Mot laissé sur la table de la cuisine le 21.01.87)

Étienne ne m'en veux pas. Je ne peux pas aller plus loin. Tu as été un homme bon.

Adèle

Étienne reconnut immédiatement Erwan Lebrun. Il nota qu'en dix ans la silhouette du maudit capitaine s'était empâtée mais, qu'importe, les kilos en trop ne changeaient en rien sa détermination.

Les trois hommes ne se méfièrent pas de ce vieil homme, apparemment tranquille, les mains dans les poches, qui sortait de l'ombre.

À mesure qu'il s'approchait, Étienne sentit la haine lui revenir par bouffées. Erwan Lebrun était accompagné par son fidèle second, Loïc Brouillard. La troisième tête, beaucoup plus juvénile, bouille rouge sur fond d'acné persistante, ne lui disait rien. Étienne serra la crosse de son Astra 680. Il remarqua qu'il ne tremblait pas.

La première balle perfora l'estomac du capitaine Lebrun, ricocha contre sa colonne vertébrale et ressortit se perdre dans la nuit. Lebrun porta aussitôt les mains à son ventre et tomba à genoux sur le bord du quai. Ses oreilles se mirent à bourdonner tandis que l'écho du projectile achevait de rebondir de dock en dock.

La deuxième balle foudroya le cœur de Loïc Brouillard. Sous l'impact, son corps recula de deux bons mètres et termina sa course dans les eaux noires. À moins de dix mètres du cargo entravé le long du quai.

Le bras d'Étienne pivota aussitôt et le revolver s'arrêta à quelques centimètres de la tête du jeune marin. Ce dernier, d'abord hébété, trop ivre pour comprendre, se mit à trembler convulsivement. Étienne accentua la pression de son index sur la détente. Puis la relâcha.

– Barre-toi, petit !

Les yeux du jeune homme se mirent à rouler dans leurs orbites. Il sentit que ses jambes se dérobaient sous lui, n'entendit pas le « Barre-toi, je te dis ! » que lui adressait à nouveau Étienne et sombra dans un trou noir bien plus sécurisant que la réalité.

Sur le quai, toujours en vie, Erwan Lebrun se tortillait mollement en gémissant. Étienne s'agenouilla à ses côtés et, lui attrapant les cheveux, lui tira la tête en arrière. Entre tripes répandues et ciel plombé, le regard des deux hommes se rencontra. Malgré la douleur, le capitaine Erwan Lebrun sut immédiatement à qui il avait affaire.

– Il… Il fallait que ça arrive, hein ?

Sourcils froncés, iris mangés par les pupilles, Étienne ne broncha pas.

– Votre fils je… Je ne l'ai pas tué… Il faut me croire… Il… Il est vraiment devenu cinglé… Ça arrive, parfois… Et je crois bien qu'il a fait exprès de se jeter du pont… C'est la vérité vraie, articula péniblement Erwan Lebrun. Maintenant que je vais crever… Pour… Pourquoi je vous mentirais ?

Toujours aussi imperturbable, Étienne lâcha la brune tignasse de l'agonisant pour mieux attraper son maxillaire inférieur. Il fourra sèchement le canon de l'Astra dans la bouche du capitaine et tira sans même se rendre compte que cette tête exécrée devenait subitement moins lourde d'une bonne moitié.

Étienne repartit comme il était venu. Un peu ébranlé, quand même, par les derniers propos de sa victime. Peu après, non loin de la résidence des écrivains, il rencontra Gérard, lamaneur de son état, un « homme à l'amarre » qu'il croisait souvent.

– Eh, Cap'tain à dock, c'est toi qui fais péter des pétards dans le bassin de Penhoët ?

Étienne marqua un temps d'arrêt et esquissa un pâle sourire.

– Ça se pourrait, Gérard, ça se pourrait.

– C'est pourtant pas quatorze juillet !

– Si, ça se pourrait, Gérard… Ça se pourrait.

Étienne reprit sa route. La voix de Gérard le rattrapa.

– Au fait, faudra que tu passes me voir. J'ai un stock de whisky, un pur malt de première bourre, à quarante balles la boutanche. Tu viendras, hein ?

– Ça se pourrait, répliqua Étienne en disparaissant à l'angle de la rue.

Et Capitaine à dock, ainsi surnommé par ses amis, n'entendit pas Gérard qui chantonnait machinalement : « Il n'avait ja-ja-jamais navigué ». Sans savoir que, quelques heures plus tard, Étienne allait s'embarquer à bord d'un frêle voilier et que personne, au grand jamais, ne le reverrait.

Vague à lame

L'étau se resserrait. Moussa le sentait confusément. L'étau. Mâchoires morveuses de chiens policiers. Pleines de rage et de haine. L'odorat au ras du bitume. À fleur de poubelles. Se foutant du détritus. Insensibles aux restes avariés. Trop bien nourris pour ça, les bergers allemands. Non, concentrés, les clébards. Sur le sang, la trouille et la merde de Moussa.

Le sang ne s'arrêtait plus de couler depuis qu'un insecte de fer et de feu lui avait transpercé la cuisse de part en part. Douleur insupportable de muscles déchirés. Geyser rouge sur fond de nuit confondue à sa peau noire. La trouille, il la portait sur lui. Elle suintait par tous ses pores. Incontrôlée, tenace. Quant à la merde, elle découlait sans doute du reste. Il ne s'était d'abord pas rendu compte qu'elle avait souillé le fond de son froc. Mais il avait quand même fini par la sentir. Sang, trouille, merde. Cocktail pas Molotov pour un sou.

Qui le rapprochait juste des chiens qui grognaient leur contentement de traquer la bête immonde. Poussant Moussa dans les derniers retranchements d'un lieu dont il ignorait tout.

Moussa était venu en France en avion. Puis en camion. La mer lui faisait trop peur. Il ne savait pas nager et il avait trop entendu d'histoires de marins ivres balançant les clandestins à la baille. Sans autre forme de procès. Leurs rires en prime aux oreilles des envoyés aux requins. L'image le faisait frissonner. C'est donc les airs et l'asphalte qui l'avaient conduit là.

Avant, dans ce qui restait de son pays, Moussa était professeur. Aux enfants, quand son sourire dévoilait encore deux rangées de dents blanches, il enseignait l'histoire et la géographie. Il aimait particulièrement les paysages français. Tellement variés. Et humides, fertiles. Chez lui, tout ce qu'on savait vraiment faire pousser, c'était les gosses. Et encore. Dans sa contrée aride, la famine faisait très vite saillir leurs os sous la peau. Moussa adorait également parler de l'histoire de France. Les droits de l'homme c'était quand même une sacrée invention.

Alors, quand aux premiers jours d'une guerre civile, une partie de ses concitoyens avaient déterré les machettes et avaient tronçonné, scalpé, étripé l'intégralité de sa famille, Moussa n'avait pas hésité. À défaut de choisir les îles, il avait opté pour l'exil. Direction la France terre d'accueil. Pourquoi se serait-il privé ? Les charters marchent dans les deux sens. Il s'était contenté d'un aller simple. Sans billet. Et il avait précieusement gardé sur lui l'adresse d'un homme rencontré, jovial touriste, dans sa ville. Avant que, exsangue, elle ne soit livrée à l'impuissance des Casques bleus.

Une adresse griffonnée sur un papier et quelques bonnes volontés l'avaient donc mené là. Au rendez-vous de l'amitié – celle des peuples et des êtres – et de la solidarité.

Il ne demandait pas grand-chose, Moussa. Le gîte et le couvert le temps de se retourner, de régulariser sa situation, d'apaiser ses souffrances et de trouver un petit boulot. Alors Moussa avait posé un doigt plein d'espoir sur la sonnette de son ami. Pour lui, ça ne signifiait pas la fin des malheurs. Juste un peu de réconfort.

Depuis, Moussa courait. Comme il le pouvait. Sur une jambe. L'autre à la dérive. Tentant de suivre le mouvement. Cahin-caha. La douleur ravivée au moindre cahot.

Moussa venait d'atterrir sur un rien. Sur un vide. Il sentait confusément que, devant, une rumeur grondait et que, derrière, sur ses talons, les chiens rongeaient inexorablement l'espace qui les séparait de lui. Il tenta d'accélérer l'allure. Il s'enfonçait maintenant jusqu'aux chevilles dans le sol meuble. Chaque pas devenait plus difficile. Sa tête bourdonnait. Un instant, il pensa qu'il allait s'évanouir mais le vent, balayant par rafales sa face ravagée par la douleur, l'en empêcha. Il s'enfonça dans le no man's land. Son dernier espoir.

Jacques avait accueilli Moussa avec la courtoisie qui sied à un militant du Front national.

– Qu'est-ce que tu fous là, bamboula ?

Ce n'est pas qu'il ne les aimait pas, les Noirs. Mais il

les préférait dans leurs bananiers. Chez eux, vraiment, ils étaient très typiques ! Il le disait à qui voulait bien l'entendre. Pour prouver qu'il n'était pas plus raciste qu'un autre. Une façon de justifier son intolérance. Mais, en fait, sa vraie rage était ailleurs. Plus récente. Il ne pardonnait pas à cette petite putain black qu'il avait violée sans ménagement dans les chiottes de son commissariat de lui avoir refilé le sida. Ça, c'était insupportable. Il voulait donner l'amour et on lui avait refilé la mort.

– Dernière sommation… Qu'est-ce que tu fous là, tronche de suie ?

– Jacques, c'est Moussa !… Tu sais, je…

– Sur cette terre, je ne connais pas un seul de ces foutus enfoirés de nègres !

Pour terminer sa phrase, il avait, du haut de son perron, tiré au jugé. Devenu, entre-temps, maître-chien, il avait lâché ses clebs.

Malgré les larmes qui l'aveuglaient et la nuit omniprésente, Moussa avait compris qu'il était sur une plage. Il voyait, par instants, mousser l'écume des vagues. Blanches comme son trop lointain sourire empli de dents. Alors il se dirigea vers elles. Quand il entra dans l'eau, il sentit les crocs d'un chien claquer derrière lui.

Oubliant qu'il ne savait pas nager, Moussa plongea dans l'eau glacée. Avant de se faire emporter par le courant et la noyade, il pensa que la France, terre d'accueil, était un vague terrain. Et que son sang allait contribuer à en délimiter la frontière.

À toutes les mères

Un trou

Elle creusait.

Un trou.

Un simple trou dans la terre aride.

Un trou d'environ un mètre sur un. Approximatif.

Il n'était encore profond que de cinquante centimètres.

Ça faisait déjà une bonne vingtaine de minutes qu'elle le creusait, ce trou.

Le soleil était haut dans le ciel. Elle commençait à sentir les brûlures sur sa peau. Sa tête bourdonnait. Ses mains calleuses tremblaient. La pelle se dérobait sous ses paumes. Ses jambes flageolaient. Elle dégoulinait. Sa sueur convergeait vers des orteils en contact avec la poussière qui formait, par endroits, une pâte pas même modelable. Il faisait chaud. Très chaud. Et pourtant, elle avait froid. Dans le dos. Dans le creux de ses reins que les basses besognes n'avaient pas épargnés. Dès son plus jeune âge.

Elle se souvient des jeux au bord de l'eau. Son corps recouvert par la boue. Les garçons qui dansent autour. Et, parmi eux, un beaucoup plus beau que les autres. Qui hésite. Qui se contente de la dévorer du regard. Elle n'a rien contre les garçons timides. Surtout quand ils ont des yeux si parlants.

Elle était face à son trou. Elle creusait. Chaque parcelle de terre arrachée lui déchirait la tête. Se répercutait dans ses membres. Pour finir par faire vibrer l'intérieur de son corps. Qu'elle sentait secoué. Pour d'obscures raisons.

Elle ne comprenait pas.

L'utilité.

De ce trou.

D'un trou. Là, juste devant chez elle. À moins de dix mètres de sa porte.

Elle se souvient d'une lettre. D'une lettre qu'elle a reçue. Peu de mots. Juste l'essentiel. Un homme au regard parlant est mort. On a jeté son corps mutilé dans une fosse commune.

Cet homme, c'est son mari. Il est parti se battre. Trois mois plus tôt pour la liberté des siens. Il ne reviendra plus.

Le trou était achevé. Le monticule de terre qui s'élevait devant elle le prouvait. Elle regardait, hagarde et épuisée, la termitière humaine qu'elle avait édifiée. Et le vide qui en résultait. Qui s'étalait devant elle.

Béance incongrue.

Elle se souvient du déchirement des chairs. Du petit homme qui tente de se frayer un passage. En elle. Au plus profond de son intimité déflorée par un homme qui a fermé les yeux pour mieux transcender son plaisir au moment crucial.

Maintenant, elle sent le petit homme.

Elle crie.

De douleur et de bonheur.

Le petit homme semblait noyé au fond du trou. Il la regardait avec tout son amour de petit homme sevré des mamelles. Il avait quatre ans. Il parlait. Il comprenait l'essentiel.

Il comprenait que maman l'avait posé dans un trou creusé devant la maison.

Maman ne faisait jamais de trou devant la maison.

Elle se souvient de sa première robe de fête. Et du trou qu'elle a fait dedans.

Par accident.

La honte lui fait plus mal que la gifle de sa mère.

Une pelletée de terre.

Une deuxième.

– Maman, pourquoi tu me mets de la terre dans les yeux ?

Elle ne répondit pas. Pelletant encore.

Il ne pouvait déjà plus voir ses yeux aveuglés par les larmes. Il chassa d'un revers de main cette terre âcre qui s'incrustait dans sa bouche.

– Maman, il est pas drôle ton jeu.

Elle se souvient de son père. Le fossoyeur du village.

Il en a enterré des hommes et des femmes.

Avant de se faire enterrer à son tour.

Un matin où il pleut. Où les larmes se confondent à la douleur du ciel.

Elle ne pleurait plus. Elle gémissait. De l'intérieur, surtout.

Elle venait de voir les boucles noires de son petit homme disparaître sous une dernière pelletée.

Elle essayait d'effacer de sa mémoire les ultimes soubresauts de son enfant.

Derrière elle, les hommes soûls et armés rigolaient. Elle savait qu'elle n'aurait pas assez d'une vie pour les retrouver. Si jamais ils la lui laissaient après avoir abusé d'elle. Mais souhaitait-elle vivre encore ?

Cette histoire, si on peut appeler ça une histoire, s'est réellement passée. Différemment. Mais des hommes ont obligé une mère à enterrer vivant son enfant.

C'était hier.

Ou aujourd'hui.

Au Rwanda.

Nouvelle éditée pour Amnesty International,
Éditions Le Castor astral.

Peine de mort

Lorsque la première jambe fut détachée du corps, Anatole ne put s'empêcher de sourire. Il admirait la vie, ou plutôt l'instinct de survie qui poussait son prisonnier à se débattre avant de mourir.

Son prisonnier. Il n'était pas comme lui. Noir. Plus petit. Forcément plus laid.

Anatole s'approcha pour mieux assister au spectacle de la deuxième jambe qui n'allait pas tarder à tomber sous le couperet de sa justice. Ce n'était pas faute d'avoir prévenu le condamné.

– Tu vas mourir parce que je le veux... Mais avant, je veux te voir souffrir.

Et la deuxième jambe tomba. Incrédule, le condamné lança à Anatole un regard qu'il prit pour une supplique ou quelque chose qui s'en approchait.

– Tu peux bien me regarder... Tu as envahi mon territoire... Tu n'as pas respecté ma loi...

Le condamné n'insista pas et tenta de s'échapper en

rampant. Anatole le laissa faire. Il revoyait les événements qui les conduisaient à se retrouver là, tous les deux, dans cet ultime face-à-face. Il n'y avait pas de place pour deux.

Anatole dormait ce soir-là. Il rêvait, même. À un futur. Un meilleur. À un endroit où l'on respirait mieux. Où il y avait des gens comme lui. Pas forcément malheureux – Anatole ne connaissait pas le sens de ce mot – mais avec qui il pourrait partager.

C'est alors que l'étranger était entré chez lui. Il était différent. Trop différent. Beaucoup trop noir.

C'est d'ailleurs pour cette raison qu'Anatole faillit ne pas le voir. En revanche, il l'entendit. Anatole fit semblant de rien et entrouvrit un œil. Prêt à agir quand il le faudrait. Ce qui ne tarda pas à arriver. L'étranger s'avança de quelques pas et Anatole bondit.

La suite se résuma en un bref corps à corps. Anatole prit rapidement le dessus et mit hors de combat l'étranger qui tentait de s'enfuir. Un peu tard.

Sur le coup, Anatole ne sut pas très bien comment s'y prendre. Il lui fallait agir vite. Il n'était pas habitué à ce genre de situation et les mots se bousculaient dans son esprit. Il avait besoin d'une solution qu'il voulait finale. Alors Anatole se rappela qu'il avait chez lui un endroit propice à la détention. Une sorte de prison, bien close. Ça lui donnerait le temps de mieux réfléchir à la suite qu'il allait donner aux événements. Aussi, il enferma son étranger de prisonnier.

Dans les jours qui suivirent, deux, peut-être trois –il n'avait pas un sens aigu du temps qui passe –, Anatole prit régulièrement de ses nouvelles. Il l'avait mis au régime sec, c'est-à-dire qu'il ne lui donnait rien. Rien, excepté quelques mots. Le plus souvent à voix basse. Le prisonnier semblait résigné et restait prostré, silencieux, dans un coin de sa geôle. Son mutisme énerva Anatole qui entreprit de le juger. Il serait à la fois juge, témoin et avocat. Il pouvait faire ce qu'il voulait.

– Accusé, lève-toi !

L'accusé ne broncha pas. Ça commençait mal pour lui.

– Accusé... Oh, accusé !... Tu m'entends quand je te parle ?

Silence. Toujours du silence. Et tellement pesant qu'il gêna Anatole. Si l'accusé dormait pendant son procès, où allait-on ? Il sentit la rage décupler ses forces et il balança violemment sa future victime contre une paroi de la prison. Elle encaissa le choc et se ratatina un peu plus. Faiblement éclairée par une lumière blafarde, elle attendait le verdict qui tardait à venir car Anatole s'amusait à jouer tous ses rôles.

– Mon client est innocent... C'est juste le froid qui l'a poussé ici !

– Mensonge, c'est un voleur !

– Oui, monsieur, je l'ai vu entrer chez Anatole... Oui, c'est bien cet étranger qui...

– Un peu de silence, messieurs, s'il vous plaît... Le juge va juger !

Le condamné, à bout de forces, s'agita faiblement. Anatole passa sa main dans ses cheveux et prit une voix plus grave.

– Le juge dit la mort !

– Non, juge, pas la mort…

– Si !

Pendant quelques secondes, Anatole entendit les bravos et les hourras d'une foule imaginaire. Une foule qui réclamait du sang, de la sueur et de la peur. Il n'y fut pas insensible.

L'auréole pour Anatole…

L'auréole pour Anatole…

– Anatole dit la mort plus des souffrances.

La mort plus des souffrances. Comme il n'avait rien d'autre à faire, il mit immédiatement son plan à exécution. Désormais cul-de-jatte, le condamné tentait de se soustraire à un destin fortement compromis.

Anatole sortit de ses pensées et s'aperçut que sa victime tentait une évasion désespérée. Énervé, il pointa un doigt vengeur en sa direction.

La tête éclata sous la pression du doigt et répandit un maigre jus de cervelle.

L'insecte eut encore un soubresaut puis il cessa de vivre.

Anatole referma le couvercle cartonné de sa boîte-prison au moment où la porte de son placard s'ouvrait sur le visage rougeaud de sa mère.

– T'es encore là, toi ?…

Penaud, Anatole baissa les yeux.

– Allez, radine ta fraise, maman est de bonne humeur aujourd'hui !

Du haut de ses six ans, Anatole s'extirpa du placard qui l'abritait depuis quelque temps. Il oublia qu'il avait faim et soif. Il ne pensa même plus aux brûlures de cigarettes qui constellaient sa poitrine. Elles n'étaient plus qu'un mauvais souvenir. Serrant la boîte-cercueil contre son corps, il se précipita devant la télévision pour regarder les émissions pour enfants qui lui donnaient de si bonnes idées.

Le trottoir d'en face

Une fois par jour, Pierre Bouvreuil soulevait d'un geste quasi cérémonieux le lourd double rideau terni par l'existence et la nicotine. Ses doigts froissaient nerveusement la grossière toile opaque tandis qu'il scrutait l'envers du décor le nez collé à la fenêtre. Le reste du temps, ses yeux vivaient grâce à l'électricité. Grâce, surtout, aux lumières bleues, dansantes et si vivantes de la télévision, son unique compagne d'infortune.

Ce lundi-là était semblable à tous les lundis. À tous les autres jours aussi. Il soulevait, il froissait, il regardait. Cinq minutes empruntées aux vingt-quatre heures. Avant de prendre un apéritif. À sept heures pétantes ; celles de l'angélus. Tous les jours sans distinction. Même celui-là. Dont il ne connaissait que trop bien la fin.

– C'est comme ça, marmonna-t-il avant de laisser le

rideau retomber et d'aller se servir un demi-verre à moutarde de Martini blanc.

Pierre Bouvreuil sortait peu. Le strict minimum. Tabac, épicerie, marchand de journaux, boulangerie et boucher pour acheter son sempiternel steak dans la hampe. Exceptionnellement dans l'araignée. Un périple bien rodé, méthodique. Dont il ne déviait que très rarement. Trente-cinq à quarante minutes montre en main. Après quoi, il rentrait se barricader chez lui et n'en ressortait plus jusqu'au lendemain.

De mémoire de copropriétaire, on ne lui connaissait pas d'ami. Aucun homme et encore moins de femme. Dans l'immeuble, on se contentait le plus souvent de lui donner un âge. La soixantaine bien entamée, ridée par la solitude et les UV de la télé.

À plusieurs reprises, madame Lambert, sa voisine du troisième, avait tenté d'engager la conversation dans l'escalier ou près des boîtes aux lettres. Sans grand succès. Bouvreuil se montrait poli mais guère loquace. Hochant le plus souvent la tête ou répondant par onomatopées. Il était rare qu'il aligne plus d'une phrase à la suite. Il se fendait néanmoins toujours d'une caresse pour Crouchy, le curieux bâtard pelé de Ginette Lambert. Un brave chien pas trop remuant atteint, aux dires de sa maîtresse et des vétérinaires, de la maladie de la pollution. Ce qui faisait que Crouchy, malgré les pommades et les traitements, avait le cul aussi rouge qu'un babouin. Un jour, après l'habituelle flatterie, Pierre avait même été jusqu'à sortir un sucre de sa poche. Madame Lambert l'avait immédiatement arrêté d'un geste péremptoire.

– Ah non ! déjà qu'il est pas bien vaillant, mon Crouchy, je voudrais pas qu'en plus il attrape euh'l'diabète !

L'affaire en était restée là. Ginette Lambert avait emmené Crouchy vers son caniveau préféré et Pierre Bouvreuil n'avait jamais ressorti de sucre de sa poche. Pour autant, pas rancunier, il n'avait pas abandonné les petites cajoleries allouées à cette erreur canine.

Le temps aidant, entre deux étages, dans l'entrée ou devant la boulangerie, les plus mauvaises langues s'interrogeaient sur ce vieux taciturne. On lui prêtait bien du mystère. Se sentait-il traqué pour sortir aussi peu ? Avait-il une double vie ? Était-il agoraphobe ? Souffrait-il de troubles mentaux ? Était-il un de ces pédophiles qui traque la chair fraîche à la nuit tombée ?

Bref, si les commérages allaient bon train, personne ne savait que tous les jours à la même heure, Pierre Bouvreuil scrutait le trottoir d'en face – sur lequel il n'avait pas mis les pieds depuis plus de trente ans – avec une régularité de métronome. Et la vie coulait ainsi. Doucement. Tout doucement.

Aux premiers jours d'août, il se produisit curieusement un événement majeur dans la vie de Pierre Bouvreuil : on sonna à sa porte. La pantoufle traînante, il se dirigea vers la porte en croyant à l'erreur, à l'égarement.

Ce n'en était pas un.

Sur le seuil, Ginette Lambert, le maquillage en rigole, se tamponnait les yeux avec un morceau de tissu qui tenait plus du drap que du mouchoir. Elle hoquetait bruyamment tout en s'essuyant machinalement les pieds sur le paillasson de son voisin.

– C'est bien du malheur ! C'est bien du malheur qui m'arrive, monsieur Bouvreuil !

Pierre Bouvreuil mit quelques longues secondes à comprendre que le malheur en question découlait d'une météo bien trop clémente. La mère de madame Lambert, une octogénaire théoriquement gaillarde, était morte des suites d'une insolation survenue alors qu'elle effectuait sa petite promenade quotidienne dans le parc de sa maison de retraite.

– C'est cause au chapeau, vous comprenez... Elle avait oublié son chapeau et le soleil l'a frappée par derrière !

Pierre Bouvreuil respecta silencieusement la douleur de Ginette Lambert. Il pouvait comprendre la douleur. Ce qu'il comprenait moins, en revanche, c'est pourquoi cette aimable femme venait lui raconter tout ça. Il eut la réponse, le temps que sa voisine se mouche une nouvelle fois dans ses doigts. Ce qui était un exploit vu la taille du mouchoir.

– Faut que j'aille l'enterrer, vous comprenez, ma pauv' maman...

Bouvreuil pensa que ça lui paraissait relativement normal mais se garda bien d'en faire la réflexion. Pas la peine de rajouter des larmes sur ce visage déjà bien ravagé.

– Le problème, c'est Crouchy !... J'peux pas l'emmener, mon Crouchy !... À l'hôtel, y disent qu'y z'acceptent pas les bêtes !

Ginette Lambert releva lentement la tête vers Pierre Bouvreuil sans pour autant cesser de se dandiner sur le paillasson.

– Alors j'ai pensé que... Vous comprenez, presque tous les gens de l'immeuble sont partis en vacances... J'ai pensé que vous pourriez me garder mon Crouchy... C'est l'affaire de deux jours, vous savez... Juste le temps de mettre ma brave femme de mère sous la terre... Et puis Crouchy, il vous aime bien !... Z'avez qu'à voir comme il remue la queue dès qu'il vous aperçoit !

C'était bien vrai. Monté sur son cul rouge, le petit plumeau dépoilé de Crouchy se fendait toujours d'un petit frétillement à l'approche de Pierre Bouvreuil.

– Puis il est pas compliqué à garder, mon Crouchy !... Deux petites commissions par jour, dix minutes de promenade, un peu d'amour et une gamelle le soir. Y demande pas beaucoup plus, le Crouchy !

Pierre Bouvreuil considéra quelques instants madame Lambert. Elle pétrissait maintenant son mouchoir géant et sa bouche se tordait dans l'attente cruciale d'une réponse qui tardait à se manifester.

– Alors, vous voulez bien, dites ? Vous voulez bien me le garder, mon Crouchy ! C'est que j'ai pas les moyens de le mettre en pension... Puis je préfère qu'y soit avec une connaissance... Vous voulez bien, hein ?

Et Pierre Bouvreuil hocha la tête en guise d'assentiment. C'est ainsi qu'il hérita du Crouchy, pour la très courte durée annoncée de quarante-huit heures.

Pas chienne, madame Lambert lui amena une ration de bouffe supplémentaire au cas où les pompes funèbres feraient grève, la couverture préférée du toutou à placer au bout du lit au plus près des orteils et, bien entendu, son Crouchy qu'elle mit plus de quinze minutes à quitter tant la séparation était pénible et brutale.

– Faut-y pas en faire parfois des sacrifices pour sa maman, lâcha-t-elle en jetant un dernier regard à son chien qui n'avait rien compris au film mais dont la queue ne se déparait pas de sa bonne humeur coutumière.

Sans doute un nouveau jeu. Une petite distraction dans la monotonie des jours à répétition. Pour fêter ça, Crouchy passa deux heures à japper derrière la porte de Pierre Bouvreuil sans savoir que sa maîtresse usait son mouchoir dans un TGV qui l'emportait à fond les turbines vers le cercueil de feue Pierrette Lambert. Sans se douter non plus que les fossoyeurs éreintés s'activaient entre deux gorgées de Maître Kanter ni que le curé local répétait déjà son oraison en suant à grosses gouttes devant un miroir au tain hors d'âge.

Sans être une vraie révolution, l'arrivée de Crouchy bouleversa quand même quelque peu les habitudes de Pierre Bouvreuil. Lui d'ordinaire si peu disert, il se surprit même à lui parler : « Beau, le Crouchy au cul rouge ! Gentil, le Crouchy ! Ferme ta gueule, saloperie, tu la reverras ta mémère ! Susucre pour euh'l'diabète ! » Mais, ça, c'était une blague dont il n'était pas sûr qu'elle aurait fait rire madame Lambert dans un moment pareil. Et même en des temps plus ordinaires. Car, en fait de confiserie, l'homme qui l'accueillait lui faisait renifler des doigts tabagiques et Crouchy n'avait pas envie de se choper un cancer de la truffe et encore moins d'être pris pour un con. Crouchy repassa donc deux heures à geindre devant la porte.

Cela n'empêcha pas Pierre Bouvreuil de se livrer à son cérémonial quotidien. Il souleva les doubles rideaux et regarda le trottoir d'en face avant de se servir son Martini blanc. Vers vingt heures trente, toutefois, alors qu'il comparait les mérites des programmes télévisés, il comprit à l'attitude relativement intrigante de Crouchy qui frottait son cul rouge sur le parquet qu'il allait devoir changer ses habitudes. Ressortir de chez lui pour faire pisser cet abruti de clébard qui, lui et ses congénères, et ce malgré des milliers d'années d'éducation, ne savait pas se servir des toilettes. À regret, Pierre Bouvreuil s'empara de la laisse qu'il ombiliqua au cou fauve de l'intrus.

Dehors, en connaisseur, Crouchy s'attarda longuement sur les jantes plastiques d'une Ford Fiesta posées comme des cadeaux devant l'immeuble. Il inspecta avec tout autant de bonheur les pneus massifs d'une camionnette avant d'évacuer un petit jet d'urine brune sur l'un d'entre eux. Il virevolta, Crouchy. À la fois affairé et décontracté. Respectueux de son environnement. Mais ce qui l'intéressa plus que tout, c'est la ravissante caniche au cul plus blanc que la neige qui passait sur le trottoir d'en face. D'un coup de tête volontaire, il se débarrassa de son collier et, à fond de train, retrouvant ses jambes d'adolescent, courut rejoindre la belle prometteuse d'effluves variés ; pour un chien, c'est fou ce qu'un simple trou de balle peut signifier.

Loin de sa foulée, celui qui la trouva saumâtre, c'est Pierre Bouvreuil. Il se fendit d'un juron en regardant le collier qui pendait mollement au bout de la laisse.

– Au pied, bordel de merde ! Enfoiré de Crouchy ! Ramène tes fesses, si tu veux pas que j'te les tanne !

Bien plus sensible à Blanche Neige qu'aux noms d'oiseaux, Crouchy était déjà sur l'autre trottoir et papillonnait malgré son handicap pileux que même le plus surdoué des caméléons n'aurait pu imiter.

Fébrile, poussant une nouvelle séries de jurons, Pierre Bouvreuil dut bien se résoudre à aller chercher la sale bête et ce, même s'il n'avait pas posé un seul orteil de l'autre côté de la rue depuis plus de trente ans.

L'autre côté, il ne l'atteignit jamais.

La voiture qui passait par là le percuta de plein fouet. Il rebondit sur le capot avant de retomber sur la chaussée. Pantin désarticulé.

Rapidement sur le théâtre du drame, le médecin du SAMU tenta en vain de ranimer Pierre Bouvreuil. Avant de passer l'arme à gauche, ce dernier revisionna néanmoins l'essentiel de son existence. Il se revit, trente-deux ans plus tôt, devant la tombe de sa femme. Adèle, l'amour de sa vie, morte en couche avec le bébé qu'elle portait. Un p'tit Bouvreuil, d'après le légiste. Adèle qu'il ne remplaça jamais. Le jour de son enterrement, il lui avait juré de ne la retrouver que le jour de sa propre mort. Ce jour où il reposerait enfin à ses côtés.

Ainsi, s'il s'interdit de retraverser la rue, il honora sa femme à sa façon. Cinq minutes par jour, il soulevait les lourds rideaux de sa provisoire demeure et regardait celle nettement plus définitive de son épouse qu'il finirait bien par rejoindre.

Déjà tout à fait mort, Pierre Bouvreuil n'entendit pas le médecin lâcher entre ses dents et en posant un regard sur le mur d'enceinte du cimetière :

– Eh bien, celui-là, il aura pas loin à aller !

Trente-six heures plus tard, c'est avec un énorme soulagement que madame Lambert récupéra Crouchy à la SPA. Coincé entre un pitbull écumant et un berger allemand homosexuel, le brave toutou cavaleur ne faisait plus le faraud.

Une fois par semaine, Crouchy a un nouvel itinéraire. Il vient pisser sur les fleurs que sa Ginette dépose sur la tombe de cet ami Bouvreuil qu'il a si peu connu. Mais ce que pourrait surtout voir l'observateur attentif, c'est madame Lambert qui, tous les soirs à sept heures pétantes, avant de se servir un petit apéritif, écarte ses légers voilages. Elle regarde le trottoir d'en face.

L'AMOUR EST ENFANT DE PROBLÈMES

Rose est rouge jusqu'au bout des ongles. Fringues, lèvres, doigts, le tout n'est qu'harmonie. Rose est jolie. Son miroir le lui confirme. Son regard est un peu triste. Elle tente de le rendre rieur. C'est fait. Une ridule le rehausse d'un peu de fantaisie. Elle peut y aller. Elle est fin prête.

Rose essaye de ne pas gamberger en introduisant une clé tremblante dans sa Mini cabossée. Elle tente de se convaincre qu'à trente automnes, l'hiver n'est pas encore en vue. Rose a du caractère. Elle le prouve en faisant hurler les huit soupapes de sa chiotte.

En conduisant, Rose projette son avenir plus loin que ses phares. Arrêtée à un feu rouge, elle s'assure que l'énorme poste de radio laser bi-cassettes qui occupe une grande partie de la banquette arrière est toujours là. Dans l'axe d'un réverbère, le monstre de décibels s'éclaire d'un sourire muet. Rose peut repartir. Elle laisse glisser sa voiture le long d'un itinéraire bien préparé. Elle est en avance. Elle prend le temps de ralentir. Elle note que la nuit est belle et que les étoiles sont diaphanes. Elle sent aussi cette goutte de sueur qui, partie d'une aisselle, cherche un océan où se confondre. Rose se sent moins seule.

Elle est maintenant en vue de son objectif. Le boulevard, gardé par une cohorte de marronniers déplumés, plonge lentement devant elle, n'en finissant plus de descendre. Rose est gorgée de vertiges. Elle voudrait faire marche arrière, retrouver son lit et se noyer dans des bras câlins. En garant la Mini, elle se crée des rêves à foison. Elle s'octroie des monceaux de bonheur parsemés de tranches de rire. Alors que son véhicule s'immobilise discrètement, Rose jette un œil à la bouteille de gin qui se balance doucement au pied du fauteuil du passager. Elle a un geste pour s'en emparer mais elle se ravise. Ce n'est pas de ce genre d'ivresse dont elle a besoin.

Phares et moteur éteints, Rose ausculte maintenant le boulevard. Lui aussi retient sa respiration. Il semble suspendu à sa langue de béton inerte. Tout est calme. Rose se décide à sortir.

Rose marche. Les six kilos du radio laser bi-cassettes pèsent deux tonnes au bout de son bras qu'elle sent s'allonger de seconde en seconde. Au sol, ses talons aiguilles font un raffut de tous les diables. Ils claquent, résonnent et reviennent marteler son esprit. Rose se fait l'effet d'une grosse caisse. Car maintenant, elle entend également les battements de son cœur. Elle n'est plus qu'adrénaline alors qu'elle se voudrait chimère. Les vingt mètres qui la séparent de l'entrée de l'immeuble sont dignes d'un Paris-Strasbourg. Autour d'elle tout est froid mais la chair de poule qui la cerne lui procure une sensation de cataplasme à la moutarde.

Soudain, Rose a peur. Elle a reconnu un bruit parmi les rumeurs de la ville. Elle tourne la tête. Son instinct ne l'a pas trompée. Une patrouille de police vient de s'engager sur le boulevard. Moteur au ralenti, elle maraude. À l'intérieur de la R 19, deux flics en tenue scrutent les alentours endormis. Rose, elle, par réflexe, s'est jetée contre une voiture en stationnement. Un de ses genoux s'est heurté au bitume. Elle sent un peu de son sang lui échapper. La patrouille passe sans remarquer cette jeune femme qui, les pieds dans le caniveau, se fustige mentalement. Rose s'en veut d'avoir eu cette réaction. Après tout, rien ne lui interdisait de marcher sur ce trottoir. Sa colère retombe aussi rapidement qu'elle était venue. Rose remet un peu d'ordre dans ses pensées. Elle se relève, défroisse sa jupe et se dirige d'un pas décidé vers l'immeuble. Désormais plus rien ne peut l'arrêter.

Le code d'accès à l'entrée n'est qu'une formalité. Rose est aspirée dans le hall bardé de boîtes aux lettres. Pour plus de précautions, elle délaisse l'ascenseur et décide de gravir à pied, chaussures à la main, les cinq étages de l'escalier. Devant elle, c'est tapis rouge ; du velours. Tout va bien.

Rose arrive devant la porte d'entrée de l'appartement qu'elle repère depuis maintenant un bon mois. Elle sait qu'il est désert. Son occupant, un célibataire blafard, travaille de nuit et ne rentre qu'à l'heure où la grisaille succède au noir. La porte n'est pas blindée. Elle est tout juste protégée par trois serrures bas de gamme. Munie d'un passe, Rose ne met pas plus de trente secondes à faire tomber les réticences de la première. La deuxième a plus de chien, elle lui résiste deux bonnes minutes, longues, bien trop longues à son goût. En attaquant la troisième serrure, Rose s'efforce de ne pas trembler. Méthodique, impudique, le passe explore la fente d'acier aussi trempé que le front de la jeune femme. Mais elle ne s'en rend pas compte. Toute sa concentration se focalise sur ses mains, toute son énergie passe par le bout de ses longs doigts. Sa tactique est tactile. Rose frémit d'un curieux mélange d'excitation et de gêne lorsqu'elle entend le glissement huilé du pêne quitter la gâche. Rose n'a plus qu'à entrer. Se fendant d'une courbette, elle se prend à jouer au petit jeu mondain du « après vous je n'en ferai rien ».

Rose referme doucement la porte derrière elle. L'appartement, saturé de pénombre, lui diffuse une odeur de rance et de négligé. À tâtons, elle cherche le commutateur, qu'elle trouve et actionne. Brute d'ampoule, la lumière fuse. Rose n'a plus qu'à se laisser guider par son instinct.

Rose arrive dans le salon. Vingt mètres carrés à vue de nez, blanc nicotine aux murs, moquette beige crasse au sol, canapé sans valeur, meubles brillants par leur rareté, plante verte décharnée, elle embrasse tout d'un même regard et pousse le variateur de l'halogène sur son maxi. Elle pose dans un coin son fidèle poste radio laser bi-cassettes et entreprend de relever les stores ainsi que d'ouvrir en grand la fenêtre. Rose pense que si des pros de la cambriole la voyaient ils auraient une crise d'apoplexie. Une légère brise s'insinue sous sa chevelure. En scrutant la nuit qui enveloppe les alentours, Rose découvre soudain le sens du mot folie. Pourtant, elle sait qu'elle va agir. Bientôt, dès qu'elle aura appuyé sur la touche lecture du bi-cassettes qui va cracher la pleine puissance de ses deux fois trente watts.

C'est fait. Les premières notes de « Living without your love » viennent de s'envoler. Rose hésite un instant avant d'attraper le tempo langoureux. Sans doute craint-elle un peu de s'écorcher la peau sur la voix rocailleuse de Joe Cocker.

Un pied. Une valse-hésitation. L'autre pied. Et ainsi de suite. Rose flageole sur ses talons aiguilles. Elle se sent lourde, gauche, laide. Sur ses joues, un brin de honte rajoute du rouge à son ensemble. Pantin désarticulé, elle ne sait plus quoi faire de ses bras. Elle décide de fermer les yeux pour mieux s'imprégner de la musique. Elle se met à tourner pour s'étourdir, pour s'engourdir. Sa tête ballotte doucement. Ses cheveux flottent. Elle se mord la lèvre. Le rythme la saisit doucement. Rose a pris la mesure. Même de ses appréhensions.

Une première chaussure gicle sur le canapé. La seconde atterrit devant la télé. Rose danse. De plus en plus légère. Elle agit par automatismes. Sa main vient de débusquer le premier bouton de sa veste. Elle le fait sauter. La veste suit et quitte son corps. Rose se transcende. La soie de ses sous-vêtements lui apporte toute la chaleur et la douceur dont elle a besoin. Le zip d'une fermeture Éclair qui glisse vient se mêler à la chanson. Rose se débarrasse de sa jupe droite.

Rose danse. Elle est en transe. Ses doigts absorbent les contours de ses hanches, glissent le long de son ventre et remontent vers le soutien-gorge qui abrite ses seins frémissants.

Rose danse. Elle a comme l'impression qu'elle a toujours fait ça.

Rose danse. Elle est maintenant totalement nue. Elle est belle, naturelle. Son corps transpire un voile d'amour. Elle redécouvre la notion du désir et celui plus fugace du plaisir.

Rose danse à en crever.

Scotché à sa fenêtre, Mathieu est hypnotisé. Il en oublie le grillage et les barreaux qui rendent sa vision moins précise. Il n'est plus oppressé par sa cellule étriquée. Il n'est plus obsédé par cette prison qui le ronge. Il ne voit qu'elle. Rose. Sa Rose. Qui est venue. S'effeuiller. Pour lui. Rien que pour lui. Sa Rose qui est là. Face à lui. De l'autre côté du boulevard. À trente mètres tout au plus. Sa Rose. Plus désirable que jamais. Qui danse. Qui lui apporte l'évasion qu'il souhaitait. À cet instant, il se promet de ne jamais la quitter. Amour, toujours, il se sent même une âme de poète. C'est un peu d'immortalité qui coule dans ses veines. Trop brève car soudain son sang se glace. Ses grosses mains empoignent les barreaux. Il veut crier. Il crie pour la prévenir. En vain, Rose ne l'entend pas. Un spasme de rage s'étrangle dans sa gorge. Il est inutile, impuissant. Tellement impuissant.

Frêle silhouette se découpant dans l'encadrement de la fenêtre, illuminant la nuit de sa nudité, Rose danse toujours. Elle commence à fatiguer et sa poitrine fait des vagues. Le morceau va bientôt s'achever. Rose va récupérer ses affaires, se rhabiller et rentrer chez elle se perdre dans l'exiguïté de son studio. Tout redeviendra comme avant, comme ces trop longs mois qui ont précédé ces minutes. Rose va devoir patienter. Encore deux ans avant de revoir Mathieu qui pourtant doit être là, quelque part, perdu, dissimulé derrière une des ouvertures borgnes de la prison.

Joe Cocker s'étiole. Rose, les pieds rivés au sol, se contente d'onduler mollement de la croupe. Sixième sens, instinct ou prémonition, elle est soudain saisie d'une frousse incontrôlable. Elle se retourne vivement. Elle ne s'est pas trompée. Il est là. Un homme. Elle reconnaît le propriétaire des lieux. Il se tient raide devant l'entrée du salon. Laid à en frémir ; les yeux exorbités, attachés au spectacle qu'elle lui offre. Rose pousse un petit cri plaintif et tente de s'habiller de ses bras. Elle n'en a pas assez ou alors ils sont trop fins. Ramassant son corps sur lui-même, elle se tasse contre un coin de mur. Elle essaye bien d'articuler un mot, une explication, une excuse, mais ça ne sort pas, ça bloque. Inexorable, les bras tendus devant lui, suant l'envie, l'homme s'avance vers elle. D'un bond, Rose tente de s'extraire à ce tas de dégoût qui va bientôt la saisir. L'homme la rattrape. Ses doigts s'incrustent dans la peau fine. Rose se débat. En vain. L'homme est plaqué contre elle. Elle le sent dur, prêt à tout.

Dans le même temps, indifférent, Joe Cocker attaque une deuxième chanson.

Enchevêtrement, amas de peaux et de tissus, Rose et l'homme échouent sur la moquette. Lui au-dessus. Rose se débat toujours mais ses ongles ne font qu'égratigner ce qu'ils touchent. L'homme ahane et parvient à bloquer sa proie à la gorge. De sa main valide, il s'accroche à une braguette rétive. Se brûlant l'épiderme, se faisant serpent pour l'occasion, Rose jette ses dernières forces dans la bataille. Du temps, elle sait qu'elle en a peu.

Dans sa cellule, Mathieu hurle. Chien fou, c'est à

peine s'il entend les deux matons mastards entrer avec, en prolongement naturel des mains, des matraques souples au caoutchouc fait pour mordre.

Toujours prise à la gorge, Rose suffoque. Le sang qui lui inonde les orbites rend l'homme qui la domine encore plus affreux. Vaincue, le crâne coincé contre une plinthe, elle cesse de se tendre. Elle s'abandonne. La sentant à sa merci, l'homme relâche son étreinte et s'emberlificote dans la toile de ce pantalon qui ne se baisse pas assez vite à son goût. Rose en profite et, dans un ultime sursaut, lui assène un furieux coup de reins. Déséquilibré, l'homme ne peut éviter que sa tempe ne s'écrase sur le mur. Fauché dans son désir, il retombe sur le côté, étourdi. Tendue à l'extrême, Rose se relève et arrache du sol son combiné radio laser bi-cassettes. Pas encore remis de son choc, la dernière chose que voit l'homme, c'est Joe Cocker lui arriver en pleine poire. Alors Rose s'acharne. Jusqu'à ce que cette tronche de bête immonde soit réduite à un mélange cinquante cinquante de chair et de sang. Dans la foulée, Joe Cocker, lui, se paye une méga extinction de voix.

Effraction, meurtre, Rose a pris quinze ans. Avec un peu de chance, elle n'en fera que dix. Mais quand elle sortira, forcément, elle aura perdu quelques pétales. Rose aura définitivement quitté l'âge des boutons.

•

Aujourd'hui, coincée dans ses dix mètres carrés de murs infranchissables, elle se sent bien seule. Elle a quand même pris le soin de se maquiller pour faire plaisir aux fantômes qui l'habitent. Elle tourne et retourne le petit colis que lui a apporté son cerbère, hésitant à l'ouvrir. Elle l'ouvre. Il ne contient qu'une cassette qu'elle enfourne dans le simple magnéto qui lui tient compagnie. Touche lecture. C'est Joe Cocker qui lui rend visite. Machinalement, Rose détourne la tête. Face à elle, il y a la fenêtre. Comme unique vis-à-vis, elle débouche sur la triste réalité d'un mur froid et épais.

En essuyant une larme, Rose se dit que l'amour est enfant de problèmes.

Staccato

Staccato. Staccato. Staccato.

La vie, parfois, est une petite musique répétitive. Où il fait bon se laisser bercer.

Staccato…

Tout s'est pourtant passé très vite.

Dans un piaillement de roues froissées. Acier contre acier. Dans une gerbe d'étincelles. Ma douce somnolence s'est achevée, toutes mains en avant – en protection – sur la tablette qui me séparait de mon voisin d'en face. À l'intérieur du wagon, des bagages ont valsé. Des jurons, des exclamations ont fusé. L'express a dérapé le long de son itinéraire balisé. Quelques secondes, encore. Avant de s'immobiliser. Tout à fait. En rase campagne.

Staccato en mémoire. Pour moi. Encore enfoui dans l'insouciance.

À peine le temps de comprendre, de réaliser qu'un

empêcheur d'arriver à l'heure venait de tirer le signal d'alarme, un type s'est levé en brandissant un pistolet automatique. Dans mon axe. Quatre ou cinq fauteuils devant moi. Un type. La main sûre. Le costard impeccable. Et, dans la brillance du regard, toute la détermination dont un homme est capable. Pour le prouver, il a fait voler en éclats la première vitre qui passait dans sa ligne de mire.

Cris, hurlements ont succédé à l'éclatement du Securit. Puis à l'onde de choc provoquée par la balle.

Cris, hurlements. Échos redoublés, dédoublés. J'ai vaguement compris que d'autres hommes se levaient à l'autre bout du wagon. D'autres hommes. Armés, eux aussi.

Un silence a tenté de se frayer un passage dans ma tête bien encombrée. Des cris et des hurlements. Staccato désaccordé.

J'ai effleuré le paysage stérile d'un battement de cils avant de revenir sur les semblants de cow-boys. Sans comprendre.

Cris et hurlements se sont doucement atténués.

Le tireur s'est avancé dans la travée. En passant son flingue contre sa joue. Faussement nonchalant.

– Mesdames et messieurs…

L'attention qui lui était déjà acquise a redoublé. Il a continué. En esquissant un petit sourire.

– Mesdames et messieurs, ceci est une prise d'otages.

Avec toute cette campagne vide de sens, désœuvrée, ce train bondé et ce staccato trop vite achevé, je n'ai pas pu m'empêcher de me marrer. Un petit rire bête, nerveux. Sorti tout seul. Qui m'a valu quelques instants d'attention de la part de notre interlocuteur.

– Vous croyez peut-être que c'est un jeu ?

J'ai bien pensé que la question s'adressait à tous. Mais c'est contre ma tempe qu'est venu se caler le canon encore tiède du pistolet.

– Vous ne me croyez pas ?

– Si, je me suis senti autorisé à répondre en ravalant un deuxième rire d'un mouvement de glotte précipité.

– Bien... Mesdames, messieurs, je vais vous demander quelques instants d'attention...

Et, comme par enchantement, j'ai senti l'acier quitter ma tempe tandis qu'un coulis de sueur envahissait le bas de mes reins. Je n'ai jamais été un héros. Je ne suis pas spécialement poltron. Mais ce mec venait de me filer la pétoche de ma vie, et c'est dans un demi-brouillard que je l'ai écouté nous raconter le pourquoi de cette prise d'otages. Là, dans ce train bloqué par sa seule volonté et une poignée d'armes dissuasives.

Il a dû attaquer par les valeurs bourgeoises et décadentes d'une société qu'il combattait. Par les armes. Puisque, selon lui, mots, phrases et arguments ne servaient plus à rien. Depuis longtemps. Oui, mais voilà, cette brave société savait se défendre. Plus d'un des camarades de notre preneur d'otages s'étaient brisé la vie dessus. D'autres la regardaient filer à travers les barreaux. C'est justement eux qu'il ne voulait pas laisser croupir. Qu'il voulait sauver. En mémoire de ceux qui étaient tombés. Pour renforcer son mouvement, aussi. À l'heure où il nous parlait, des négociations étaient en cours avec le gouvernement. Le marché était simple. La libération de ses frères d'armes contre la vie des otages. Les ministres, le Premier bille en tête, avaient deux heures. Pas une seconde de plus. Faute de quoi, il ferait abattre un otage toutes les trente minutes. Et ce, jusqu'à ce qu'il obtienne satisfaction. Là-dessus, il a tourné les talons et nous a laissé ruminer son programme.

Il me paraissait à peu près clair. Désormais la suite de nos existences ne dépendait plus que du bon vouloir d'une poignée de nos dirigeants. Car ce mec était aussi marrant qu'un pitbull avec un bras d'enfant. Et j'avais la certitude qu'il n'hésiterait pas à mettre sa menace à exécution.

Alors l'attente a commencé. Dans la moiteur d'un wagon déclimatisé. Dans un staccato de respirations contenues et de chuchotements larvés. Sous la surveillance d'une poignée de nervis patibulaires à souhait.

L'attente. J'ai eu tout le loisir de dévisager mes voisins les plus proches. Juste en face de moi, un petit rondouillard. La trentaine secouée de tics. Un type que je n'avais même pas remarqué en m'asseyant dans mon fauteuil. Un type passe-partout qui, dès la première minute du voyage, avait disparu derrière un magazine. Et qui, en guise de profondeur du regard, m'avait laissé les seins papier glacé d'une vedette de cinéma en point de mire. Tout autour des hommes, des femmes, des gamins. À moitié résignés, déjà. Conscients de la gravité de la situation. Sachant que la partie n'était pas gagnée d'avance. Et que la loterie, la grande roue de l'infortune, pourrait très bientôt démarrer. Des coups d'œil de plus en plus fréquents aux cadrans des montres étaient là pour l'attester. Je n'échappais pas à la règle. Le temps se dilatait, s'embourbait. Et, pourtant, les aiguilles de ma saloperie d'horlogerie suisse n'avaient jamais tourné aussi rond.

14 heures 15. Une heure passée. Et vingt minutes que j'aurais dû être arrivé à destination. Au lieu de ça, des champs, des bosquets à perte de vue et une poignée de cumulus sûrement convoyés par une brise paresseuse. Je les ai enviés, ces cons de nuages.

14 heures 25. Ça a bougé. Dehors. Silencieusement, d'abord. Dans un bruissement confus. De pales d'hélicoptères.

Il s'en est passé des événements ensuite. L'attente muée en spectacle. Celui d'une armada de flics et de gendarmes – pourchassés par une nuée de journalistes – se déployant à respectueuse distance. Quadrillant le territoire. Se postant stratégiquement.

L'attente encore. Pas même sécurisée par ce trop-plein d'agitation. De va-et-vient.

L'attente toujours... Essayer de conjurer le sort. D'oublier le pire.

15 heures 15. Ou presque. Le chef du commando a fait sa réapparition dans le wagon. Pas nerveux pour un sou, il nous a tous toisés d'un regard cynique.

– Bien, mesdames et messieurs, j'ai le regret de vous annoncer que les éminents membres de votre gouvernement sont, jusqu'à présent, restés sourds à nos revendications. Même si, comme vous pouvez le constater, ils ne se désintéressent pas complètement de vous.

Il a accompagné sa dernière phrase d'un mouvement de main qui a englobé les embusqués. Avant de poursuivre. Froid, sans émotion :

– Nous allons donc procéder à la première exécution !

J'ai mesuré, presque palpé, qu'un même et long frisson se propageait de fauteuil en fauteuil. Ainsi que cette question. Cette unique question : qui ? Qui allait être le premier ? Néanmoins personne n'a bronché. Et surtout pas quand l'homme s'est à nouveau avancé dans la travée. Les têtes se sont ostensiblement détournées. Les épaules se sont imperceptiblement rentrées. Les respirations se sont suspendues. Indicible et muette terreur.

Qui ? Qui allait être le premier ?

Qui, bordel ? Qui ? j'avais envie de hurler en phase avec ce chœur muet de passagers ; pétrifié.

Serein, l'homme balayait l'assistance. La mâchoire métronomique. Le rythme de ses pas martelait nos consciences. Je n'ai pas sourcillé quand il s'est arrêté à ma hauteur. Mais mon cœur a failli exploser quand son doigt a pointé dans ma direction. Dans l'axe de mon pif.

– Lui ! il a simplement lâché à ses hommes avant de faire une rapide volte-face et de disparaître. Happé par le couloir. Qui n'en finissait pas de se dérouler sous mes yeux noyés par une cascade d'incrédulité.

Pas le temps de phosphorer. D'éloigner ce mauvais rêve. Ce cauchemar de tous mes instants – comptés, maintenant. La main d'un des sbires s'est posée sur mon épaule.

– Venez !

D'un coup, je devenais l'incarnation du soulagement. Pour tous les autres, j'étais la soupape de sécurité. Sans savoir vraiment ce que je faisais, j'ai brutalement repoussé la main du type. Et je l'ai toisé du bas de mon siège devenu électrique.

– J'ai une femme et deux gosses !

Il m'a regardé sans comprendre. Le flingue un peu mou ; hésitant. J'en ai profité pour embrayer :

– Avant de crever, j'aimerais bien leur laisser un mot. J'ai des choses à régler, vous comprenez ?

Il a hoché la tête.

– Laissez-moi cinq minutes, c'est tout ce que je vous demande, j'ai ajouté en extirpant un stylo de ma poche portefeuille.

Il n'a pas dit non.

C'est ainsi que je me suis retrouvé face à une feuille blanche. Les idées brumeuses et la trouille au ventre. Avec une seule et réelle certitude : je n'avais plus que cinq minutes à vivre. Quatre pour faire mes adieux. Résumer le mieux possible la situation. Et faire en sorte que mes dernières volontés soient respectées.

C'est dur d'écrire sa mort. Ma pointe feutre a tergiversé plusieurs fois. Elle a dessiné des arabesques au dessus du papier immaculé emprunté au carnet qui ne me quittait jamais. Finalement, je n'arrivais pas à croire que ma vie allait irrémédiablement basculer.

Et j'étais sec.

Totalement sec. La tête vide. Bloquée sur un « chers vous virgule » que j'étais finalement parvenu à tracer d'une écriture tremblante.

…

Du vide.

…

La rationalité m'échappait. Au lieu de me concentrer sur mon « testament », mon « futur », je me suis projeté en arrière. Le matin même, quand j'ai été acheter des croissants à la boulangerie du Centre. J'ai revu le charmant minois de la serveuse. Une drôle de fille toujours vêtue de noir. Un deuil permanent et un éternel petit sourire moqueur au coin des lèvres. Aujourd'hui, laconique comme elle savait parfois l'être, elle s'était contentée de me dire que j'avais une tête de déterré. En me rendant la monnaie, elle avait ajouté : « Mais ce n'est pas grave… Le passé se nourrit des minutes présentes. » Je n'ai pas compris sur l'instant. Signe du destin ? J'étais, quoi qu'il en soit, ressorti avec le sentiment pas même coupable que Delphine – je n'avais eu aucun mal à lui soutirer son prénom dès notre première rencontre – je l'aurais bien emmenée visiter le petit coin de paradis réservé aux bêtes à deux dos… Quelque chose qui devait vaguement ressembler au septième ciel. Au moins à sa périphérie.

Au lieu de ça, j'allais crever comme un chien. La tronche éclatée, en sang, scotchée contre le lino du wagon. Le type qui me surveillait s'est bien chargé de me le rappeler :

– Deux minutes. Il te reste deux minutes !

Le passé se nourrit des minutes présentes. Quelques mots volés à un autre. Mais quel autre, si ma mémoire était bonne, revenue en flèche. Sacha pour ses intimes. Guitry pour le commun des mortels. Un éternel caustique.

Et, du coup, je n'ai plus eu aucun mal à l'écrire, ma lettre. Et j'ai noté vite fait le pourquoi et le comment. L'absurde de ce moment. Et au moins un regret. De ne pas avoir su dire mieux. L'amour. L'amour. L'amour. Le staccato de l'amour. Qui, je l'espérais, allait rester au plus profond des miens.

Je venais d'embrasser ma lettre et j'allais la tendre à mon bourreau quand le terroriste en chef est revenu comme une bombe dans l'allée. J'ai suspendu mon geste. Il m'a arraché le papier.

– Qu'est-ce que c'est que ces conneries ?

– Il… Il a écrit à sa famille, a hésité le sous-fifre.

Nerveux, le chef a parcouru ma prose. Il l'a froissée d'un geste sec et me l'a balancée à la face.

– Bon, on en prend un autre !… Celui-là, il a ordonné en désignant mon voisin d'en face. Exécution !

L'homme de main a acquiescé. Il s'est approché de mon anonyme voisin.

Je ne me souviens de rien, ensuite. Sauf vaguement des yeux noyés de larmes de mon suppléant. De sa non-opposition. De ses quelques balbutiements. De son corps mou, sans force, traîné dans la travée. Et, surgie de beaucoup plus loin, la détonation…

Deux ans plus tard – il m'en a fallu du temps –, j'ai vu, dans un reportage télévisé, la libération du train, la mort de nos kidnappeurs. Et, avant tout ça, l'exécution de mon voisin d'en face. À genou devant le marchepied. Un pistolet sur la nuque. Et la détonation.

La détonation. Aujourd'hui encore, elle me poursuit chaque jour. Chaque nuit, plutôt. Chaque nuit, elle me hante.

La détonation.

Le staccato de cette détonation.

Il me poursuivra jusqu'en enfer.

Staccato. Staccato. Staccato.

Nouvelle éditée dans le recueil
Clin d'œil à la nouvelle 1998, Éditions Alfil.

Aux forceps

Les bras croisés sur son costard, les pieds incarcérés dans ses mocassins vernis, maître Alphonse Lambourde battait la semelle et tricotait des pouces. Il attendait patiemment que son serrurier attitré ait terminé de crocheter le dernier verrou. Le premier, asthmatique en phase terminale, venait de rendre l'âme. Le deuxième ne serait qu'une formalité. Un soupir tout au plus. Lambourde réajusta son nœud de cravate et admira quelques instants les motifs imprimés sur le tissu : une kyrielle de petites clés noires sur fond gris. Son regard se mit à briller. On pouvait lire du bonheur dans ces yeux-là. Une joie simple comme son bon droit. Il aimait l'atmosphère des paliers. Il affectionnait l'encaustique et les graillons. Il adorait ces tranches de mystère tapies derrière les portes closes. Mais il se délectait plus que tout du pouvoir que lui conférait son statut : pénétrer les intimités les plus rétives.

Avec les beaux jours, pour Lambourde, les affaires reprenaient. Il revenait le bon temps des expulsions que les frimas interdisaient par excès de magnanimité gouvernementale.

Expulsion. La première avait toujours une saveur particulière. Peu importe la raison puisque c'était de saison. D'où une certaine tension après ces mois d'attente où il devait se contenter de menues saisies. Des babioles. Tout juste de quoi survivre dans son triplex moquetté de frais en pure laine vierge. Deux cents mètres carrés de bouclettes à se payer sur les bêtes.

– Alors, Mangin ?

– J'la sens bien, là, j'la sens bien !

Mangin tirait la langue en trifouillant la fente, attentif au moindre vulvulement de l'acier trempé.

– V'là l'travail !

En deux sèches enjambées, Lambourde écrasa le « bienvenu » du paillasson. Son bras se déplia sans ménagement mais rencontra vite une vive résistance. Il ne parvenait pas à ouvrir la porte de plus de quelques centimètres pas même suffisants pour jeter un coup d'œil à l'intérieur. Lambourde réitéra son geste plusieurs fois, sans succès. La porte se murait dans une agaçante immobilité. Les gonds pas même parkinsoniens.

– C'est quoi ce bordel ?

– Ch'sais pas, moi, lâcha Mangin en haussant épaules, sourcils et gros orteils d'un même élan, z'ont p'têt' une chaîne de sécurité.

– Eh bien coupez, Mangin… Coupez, bordel de merde !

Lambourde s'écarta. La pince coupante et la poigne affûtée, Mangin reprit la place d'assaut. Derrière, à mi-palier, les déménageurs tapaient le carton. Rebelote pour tous. L'officier de police assermenté, Hubert Chandreau, n'était qu'un courant d'air. Le magnum au chaud sous son aisselle, il accompagnait théoriquement Lambourde mais préférait tuer le temps au bistrot. Il ne souhaitait pas voir ça. Non, vraiment. Sa femme venait de le foutre à la porte du pavillon familial pour un péché véniel et il préférait remuer cet attristant souvenir dans un verre de calva. Voire plus, pour mieux comprendre sa pomme.

– Alors, Mangin ?

– C'est pas une chaîne… Z'ont dû se barricader !

– Ah, ils le prennent comme ça ! Je vais te foutre ça sur le trottoir, moi, ça va pas traîner ! Le père, la mère, les mômes, zou, au caniveau ! En carton, elle va être leur prochaine baraque… Et s'ils la posent sur un Caddie, ça leur fera une caravane !

– Alors, qu'est-ce qu'on fait ? n'épilogua pas Mangin.

– C'est quoi le meilleur moyen ?

– Ch'sais pas, moi… La hache, la tronçonneuse si c'est du bois, la meuleuse si c'est blindé ou les pompiers si faut passer par la fenêtre.

– Allez chercher la hache, Mangin, il ne sera pas dit que je n'entrerai pas par la grande porte ! Et puis la hache, ça me rappellera les bons souvenirs de l'église Saint-Bernard !

– Y'aura un supplément, ronchonna le roi du passe en se frayant un passage entre les déménageurs.

Un quart d'heure plus tard, Mangin avait perdu quelques litres de muscadet-sur-lie. Ça faisait marrer les gros bras, surtout Robert, un ancien bûcheron. Un peu moins les voisins que Lambourde s'évertuait à faire circuler en gueulant : « Y'a rien à voir, c'est une expulsion ! ».

La porte gisait désormais en copeaux aux pieds du serrurier mais l'armoire, normande sur les bords, bretonne de l'intérieur, était plus coriace.

– Je vais me les payer, ceux-là, je vais me les payer, grinçait Lambourde en raccompagnant la mamie du cinquième jusqu'à chez elle.

Un petit coup d'œil sur l'argenterie de la vioque ne mangeait pas de pain. Il devait penser à bichonner ses potes notaires, Lambourde.

Quand, le cul tout moite, il redescendit au quatrième, les déménageurs unissaient leurs forces. Un grand fracas salua son arrivée sur la dernière marche. L'armoire n'était plus. Ou si peu. Terriblement atteinte dans sa dignité.

– À vous de jouer, maître !

– Et je passe comment, moi ? Putain d'Adèle, ils vont me ruiner mon Smalto, ces cons ! éructa Lambourde en escaladant ce qui était en fait la profondeur du meuble déchu.

Il s'arrêta aussitôt. Devant lui, en grandes lettres brunes, dégoulinantes et approximatives, un « ON VOUS EMMERD », grossièrement écrit à la force du poignet, s'étalait sur la quasi-totalité du mur. Un mètre sur deux d'insulte brute. Lambourde en oublia son Smalto et ses mocassins crocos. La rage aux dents, la morgue pleine, il ravala sa haine de l'autre.

Morgue pleine… Il ne croyait pas si bien trouver, maître Lambourde.

L'homme gisait à la frontière entrée-salon. La traînée brune et la position de son avant-bras replié, saigné à l'artère, simulait le « E » qu'il n'avait pas eu la force d'écrire. Le reste du corps recroquevillé de l'exsangue formait un énorme point final.

La femme n'était guère mieux. L'embrasse des rideaux incrustée dans son cou, la langue sortie, le ventre ouvert, elle n'était vêtue que de tripes qui couraient jusqu'à la chambre des enfants. Fil d'Ariane auquel l'huissier n'eut pas besoin de s'accrocher. D'instinct, il connaissait le chemin.

Les enfants étaient sages, pour une fois. Les enfants seraient toujours des enfants. Aussi petits et lointains que les étoiles stagnantes qui ornaient leur front d'une étrange rougeur.

Lambourde vomit de trouille lorsqu'un chat noir, rescapé du massacre, s'engouffra en miaulant entre ses jambes. Il se trouva bien seul dans ce moment-là. La vue du sang sur le mur avait découragé les déménageurs aux cœurs sensibles. L'officier de police Chandreau rêvait sa femme en porte-jarretelles au bout du zinc. Il s'imaginait lui faire l'amour sur un tapis de reines des reinettes. Mangin, quant à lui, était dubitatif devant les lambeaux de porte. Il hésitait sur le choix de la marque des serrures qui remplaceraient celles dont il venait de triompher. Pourquoi pas une Bricard à sept points d'ancrage ?

Une douche et un copieux dîner arrosé à la minérale dans un bon restau chic et cher eurent rapidement raison des petits tracas de Lambourde. La nuit tombée, il retrouva sa moquette bouclettes, la soie des draps et la touffe de sa petite femme. Ses relations pubiques achevées, il se massa les tempes. Ses index s'attardèrent longuement sur les cicatrices qui les zébraient. Souvenirs lointains des forceps. Une expulsion, ça laisse des traces.

L'ALCOOL DES FEMMES

Après avoir étranglé sa femme, Xavier s'était endormi. Du sommeil du juste contre le corps encore chaud. De longs ronflements s'échappaient de son gosier asséché par l'alcool. Une petite mirabelle qu'il fabriquait lui-même. Du cinquante degrés. Jamais moins.

Au petit matin sa femme était froide et son esprit aussi. Il ne restait à Xavier que le vague souvenir d'une scène de ménage. C'est en regardant les yeux fixes et exorbités de son épouse qu'il comprit qu'il avait commis l'irréparable. Pourtant, il n'éprouvait aucun remords. Bien sûr, il aurait été incapable d'accomplir un tel geste à jeun. Mais puisque l'acte était consommé, il devait l'assumer. Quand il vit la bouteille d'eau-de-vie trônant sur la table de nuit, il eut une idée lumineuse. Tout aussi transparente que la boisson qu'il ingurgitait.

– Crois-moi, mon pote, tu connais pas ta chance !

Xavier ne sourcilla pas, concentré sur la route qui défilait devant lui.

– C'est vrai quoi, poursuivit son passager, moi je filerais jusqu'à mon slip pour que ma femme se barre avec le premier venu… Ouais, jusqu'à mon slip !

Xavier ne put s'empêcher de détourner son regard. La voiture fit une embardée mais se maintint sur la maigre bande de bitume. À côté de lui se tenait son vieux copain Riton. Un genre de Bacchus sorti tout droit de la cuite de Jupiter. Un encaisseur de première. Un vrai gosier. Pur et dur. Pourtant, l'espace d'un instant, Xavier avait pensé qu'il n'était pas dans son assiette. Lui non plus d'ailleurs. Il devait frôler les cinq grammes. Xavier appuya brutalement sur le frein. La voiture dérapa et s'arrêta dans un vieux relent de disques chauffés. Devant la violence de l'arrêt, Riton faillit perdre le contrôle de la bouteille qu'il tenait bien serrée entre ses genoux. Xavier s'empara du litron. Il absorba une large rasade du breuvage cristallin.

– Tu vois, Riton, c'qu'on boit là, c'est ma femme !

– T'as raison, buvons encore un coup à la santé de ta femme, avait rétorqué Riton en récupérant la bouteille dont il pétrissait le cul à pleines mains.

– Non, Riton, je te raconte pas des craques… En ce moment, tu es en train de t'envoyer ma femme !

Le rictus éthylique de Riton en disait long sur son incompréhension. Mais pouvait-il savoir que la vérité sort souvent de la bouche des alcooliques ?

Pour Xavier, le plus dur fut de découper sa femme en morceaux. Son couteau était émoussé et il manquait trois dents à sa scie. Ses mains tremblaient et son travail n'avait rien de chirurgical. Pourtant, sa moitié n'avait pas tardé à se retrouver en huit. Elle reposait éparse sur une épaisse bâche de plastique noire et, un instant, Xavier songea même à numéroter ses abattis.

Le reste fut un jeu d'enfant. Xavier avait soigneusement nettoyé son tonneau. Une pièce de cinq cents litres dans laquelle il entreposait ses fruits. Il ne dérogea pas à la règle sauf qu'il y rajouta sa femme. La fidèle épouse se retrouva noyée sous une nuée de mirabelles juteuses et sucrées que Xavier ramassait dans son verger.

Au bout d'une semaine la mixture commença à fermenter. De grosses bulles remontaient à la surface du tonneau. Xavier prenait du plaisir à contempler la lente effervescence. Elle dura un an. Un an durant lequel il ne fut jamais inquiété. Dans le village, tout le monde pensait que sa femme était partie avec un étranger. On compatissait même sur le sort de ce brave homme. N'avait-il pas toujours eu une tête de cocu ? La bougresse était gironde et lui semblait bien ordinaire. Un homme passe-partout devenu un peu plus gris quand le chômage l'avait frappé. Et elle, la garce, ne perdait jamais une occasion de lui faire remarquer qu'il n'était qu'un bon à rien. Une inutilité sur pattes tout juste bonne à biberonner. Un foutu soiffard. Une vraie graine de poivrot. Mais à qui la faute ?

Un an donc. Lorsqu'il était fin soûl Xavier venait parfois parler à sa femme. Il caressait les courbes polies du tonneau en murmurant de douloureuses litanies ou invectivait cette radasse qui n'avait jamais su le comprendre.

Puis vint l'heure de la distillation. Xavier ne pouvait pas détacher son regard de l'alambic. La forte odeur lui ravissait les narines. L'alcool coulait au compte-gouttes dans la grande cruche de verre qu'un rayon de soleil éclaboussait d'une aura particulière. Il fallut à Xavier attendre encore un peu avant de pouvoir pleinement déguster son nectar. Une année exceptionnelle.

– Ben mon pote, je ne sais pas où tu vas chercher tout ça, avait lâché Riton, en éclatant de rire… J'espère que tu m'offriras une fillette de ta femme, avait-il rajouté en mimant les formes menues d'une fiole pour égoïste.

Xavier répondit d'un signe de tête. Il serra la grosse pogne moite de son copain qui descendit en titubant de la voiture. Riton arrosa à grands jets de pisse blanche les rosiers de sa femme puis disparut dans sa maison en se tenant aux murs. Xavier termina d'une traite la bouteille de gnole qu'il rangea ensuite soigneusement sous son siège. Puis il remit le contact et écrasa nerveusement la pédale d'accélérateur.

Xavier avait décidé d'oublier qu'il avait des freins. La nuit glissait le long des phares de sa voiture. La route s'ouvrait devant lui, chaotique à souhait. Bientôt il fut en vue de sa propriété. Une légère brise agitait les branches tortueuses des mirabelliers et bruissait comme un irrésistible appel.

Lorsque la voiture s'incrusta dans le plus vieux des arbres, Xavier crut voir sa femme qui lui tendait les bras.

Pour Pierre-François

De l'importance du chou-fleur sur les comportements humains

Un soir, quelque part au cœur ralenti de la France, un couple s'apprêtait à fêter ses noces de porcelaine. D'ailleurs le contenu des assiettes, en pur Limoges peintes à la main, concentrait toutes les attentions.

– Je me casse les noix à faire pousser des choux-fleurs et tu n'es même pas capable de transformer ça en quelque chose de potable à bouffer…

La femme n'a pas répondu. L'homme n'a pas insisté. Elle a baissé les yeux. Il a repoussé son assiette. Elle est retournée en cuisine. Il a achevé la bouteille.

La journée aurait pu s'éteindre ainsi mais un énorme fracas a secoué la porte d'entrée. Ils n'ont pas eu le temps de réagir. Ni elle ni lui. Trois types cagoulés ont fait irruption dans leur salon en brandissant de méchantes armes aux gueules béantes.

D'entrée, l'homme a pris une beigne. D'instinct, la femme s'est recroquevillée sur sa chaise, histoire de faire l'autruche. D'office, trois comportements différents se sont dégagés des intrus. Un méchant qui avait le verbe aussi facile que son poing était alerte. Un timide qui avait la peur vissée aux tripes au point d'avoir des yeux dans la nuque. Un blessé, une jambe salement amochée, qui ne cessait de geindre et de se lamenter sur son compte, ne voulant pas crever, là, dans ce bled paumé, sans avoir revu le soleil et sa sœur.

Le méchant a pris la tournure des événements bien en pogne dans ses mains de brute. L'homme et la femme ont très vite compris la situation. Un braquage qui foire. Une fusillade. Une poursuite. Un stupide accident dans un fossé. Et, pour finir, cette maison aux volets bien clos. La seule à la ronde. Une aubaine.

Sûr de lui et de son flingue, le méchant a ordonné au timide d'aller surveiller les alentours et à la femme d'aller panser le blessé. L'homme, quant à lui, avait intérêt à refiler dare-dare les clés de sa bagnole s'il ne voulait pas finir truffé comme un foie gras. Un plan de secours improvisé en quelque sorte.

Oui, mais voilà, quand la malchance vous poursuit, vous n'êtes pas prêts de ronfler pépères.

Le timide a déboulé en glapissant. Les lumières qui débarquaient de toutes parts n'étaient pas des étoiles. Ou alors des étoiles flicantes. C'était à désespérer du ciel. Il n'avait pas fallu plus de dix minutes aux poulets pour les localiser. Ils étaient foutus.

D'une voix impérieuse, le méchant a rétabli sa suprématie. Avec les otages, personne ne pouvait rien contre eux. Ils allaient maintenant entrer dans une phase de négociations où l'avantage était de leur côté. Car l'homme est ainsi fait : parfois un hélicoptère Super Frelon vaut moins cher que la vie de deux ploucs enterrés dans le trou du cul du monde.

De son côté, le blessé a hurlé quand la femme a commencé à découper son pantalon au sécateur. Il a imploré de l'anesthésiant en découvrant la plaie béante d'où s'échappait une fémorale coupée en deux. Elle n'est pas morale, la fée, il avait gémi. Puis il avait chialé comme un gosse. Puis il s'était évanoui pour ne plus voir tant de souffrance.

Dehors, c'était l'heure de pointe. Une dizaine de véhicules cernaient la maison et des hommes bardés de mille protections braquaient des projos sur cette parcelle d'humanité aux murs rongés d'ennui.

Un flic, habillé plus simple que les autres, avec juste ce qu'il fallait de cravate pour le bon goût, a sorti un gros cône de sa bagnole. Il s'est annoncé au bout de son mégaphone. Il s'est adressé à ceux de l'intérieur. Il les avait retrouvés, ses malfrats. Ils allaient, pour leur bien, devoir sortir. Sans tarder. Les mains en l'air.

Au centre de son monde restreint, le méchant a frisé l'apoplexie. Il est devenu grossier, même. Lâchant des bordées d'injures. Clamant que les lois n'étaient pas les mêmes pour tous et que lui, ce qu'il voulait, c'était un hélico. Ah, il oubliait, il était un peu raide ces derniers temps. Alors si les orphelins de la Police voulaient bien le dépanner d'un million de nouveaux francs en petites coupures, il n'y voyait pas d'inconvénient.

La nuit était frisquette et le flic a toussé. Plus d'ailleurs de par la nature des exigences du méchant qu'à cause du froid. Mais il a répliqué qu'il allait voir ce qu'il pouvait faire à condition que le méchant et sa bande ne touchent pas aux otages. Pas même à un de leurs poils.

Le méchant était d'accord sur le fond et la forme. Tous se sont mis à attendre. Excepté le blessé qui a perdu une ultime goutte de sang dans un dernier souffle asthmatique. Sa mort a ravivé les angoisses du timide. Le Super Frelon tardait à arriver. Le flic les prenait pour des cons. Il essayait de faire durer pour mieux les achever un peu plus tard. À la HB. Non, il en était sûr, pour ne pas claquer, la seule solution c'était de se rendre.

Le méchant en a eu marre d'entendre les doléances du timide. Ses phalanges l'ont cueilli au visage. Au milieu du nez qui s'est mis à pisser.

Le timide a aussitôt réagi. Avec son flingue, il a braqué le méchant qui avait commis l'imprudence de coincer le sien dans son dos, le canon à l'intérieur du jean. Le timide était comme fou. Le méchant n'aurait jamais dû faire ça. Mais maintenant, c'est lui qui commandait. Et ils allaient se soumettre au bon vouloir du flic. En attendant, il a désarmé le méchant furieux de s'être fait berner aussi facilement. C'est en regardant les otages qui n'avaient pas bronché que la fulgurance d'une idée s'est imposée au timide. Sans réfléchir davantage, il a tendu son revolver à l'homme qui s'en est saisi avec, d'abord, un peu de réticence. Mais le timide a insisté. L'homme devait raconter au flic tout ce qui s'était passé. Que lui voulait coucher les pouces, que le méchant ne voulait pas et qu'au prix d'un grand courage il l'avait neutralisé.

Le revolver bien en main, l'homme a acquiescé silencieusement. Il a visé le méchant puis le timide. Son arme s'est finalement arrêtée dans l'axe de sa femme qui a ouvert des yeux ronds d'incrédulité. L'homme a pressé la détente et une sourde déflagration a retenti. Le corps de la femme a été projeté plusieurs mètres en arrière avant de s'affaisser. Vide de vie.

Bien au frais sous la brise, le flic a sauté sur son mégaphone et a invectivé le méchant. Ils s'étaient pourtant mis d'accord. Il ne devait pas transformer les otages en passoires.

L'homme a soigneusement essuyé ses empreintes et a calmement reposé le flingue devant lui, sur la table. Puis il s'est adressé au méchant et au timide qui n'en revenaient toujours pas. L'homme n'a prononcé qu'une seule phrase mais elle leur a fait l'effet d'un électrochoc : « Allez donc leur prouver que j'ai tué ma femme. »

Oppressé par un brouillard tombant et les emmerdements, le flic a donné l'ordre à son commando armé d'attaquer.

Le méchant est mort en levant les bras. Le timide de deux balles dans le dos. Face au cadavre de son épouse, l'homme s'est mis à sangloter.

Le lendemain midi, il a pu réintégrer un chez-lui où tout avait été soigneusement nettoyé. À la télé, la presse saluait le courage de cette victime que le sort avait miraculeusement épargnée. L'homme a regardé sa montre et son estomac a décidé qu'il était l'heure de casser une petite croûte. Le gratin de chou-fleur lui tendait les bras. Armé d'un féroce appétit, il l'a avalé en raclant même les bords du plat avec une petite mouillette.

Les cent grammes d'amanites vireuses mélangées dans la sauce ont mis quelques heures à faire leur effet. Quelques heures durant lesquelles l'homme, entre deux convulsions, a eu tout loisir de maudire sa femme. Puis il est parti la rejoindre, quelque part, dans le grand vide éternel.

Dans le petit jardin, à l'ombre du cabanon, les choux-fleurs n'allaient pas tarder à monter en graines.

Pour Nathalie K.

Si beaux en ce mouroir

La moquette d'un beau rouge sombre, un grenat profond, contrastait nettement avec le carrelage immaculé qu'ils avaient rencontré jusqu'à présent dans les étages inférieurs. Il avait suffi d'une porte, une double porte pour être précis, pour qu'ils se retrouvent dans le monde des mourants.

Unité de soins palliatifs

Un écriteau discret avait marqué la frontière. Là où commençait la moquette. Là où, chaque jour, finissaient les vies. Un espace de transition. Une sorte de purgatoire totalement terrestre ; tellement hospitalier.

Le couloir s'ouvrait devant eux, distribuant des chambres au compte-gouttes. Lucie marchait devant, nerveuse, élastique. Chaque pas soulevait sa robe légère et découvrait des cuisses rondes, fermes et bien proportionnées. Martin suivait, le regard sombre, déterminé. Tous deux affichaient une beauté tourmentée et la gravité d'une jeunesse qu'ils ne pouvaient nullement contrôler. Ils débouchèrent dans une sorte de grand salon. Même moquette rouge et fauteuils clubs. Gros bouquets de fleurs posés sur des tables basses. Un luxe comparé au reste du bâtiment, fonctionnel, clinique. Lucie et Martin s'arrêtèrent et englobèrent le lieu d'une vision périscopique. Le soleil se fragmentait contre la baie vitrée. Le silence plombait l'air. Devant, un nouveau couloir s'ouvrait sur d'autres chambres. Dans une pièce attenante, levant le nez d'un dossier, une infirmière aperçut le jeune couple qui semblait hésiter.

– Vous cherchez quelqu'un ? demanda-t-elle en calquant sa voix sur l'ambiance feutrée.

La main de Martin chercha celle de Lucie, la trouva, la caressa doucement du bout des doigts, la lâcha. Il chercha son approbation en intensifiant le circonflexe de ses sourcils. Elle la lui donna d'un léger signe de tête. Rapide, Martin déposa un chaste baiser sur les lèvres de Lucie puis il bifurqua en direction de l'infirmière et vint se planter devant elle.

– On veut voir un médecin.

La phrase était tombée ; sèche. D'instinct, l'infirmière avait recouvert son genou avec sa blouse. Les yeux de Martin brillaient, phares braqués sur le même écueil.

– Ils… Ils ne consultent pas à cette heure.

– On veut voir un médecin.

Cette fois, elle avait perçu la froide détermination. Et, au ralenti, elle avait vu. Le poignet disparaître derrière le dos. Chercher et extirper. Les phalanges se crisper sur la crosse. Le flingue venir se blottir contre sa tempe.

Quelque chose d'irréel. À cet endroit précisément. Entre-temps, Lucie s'était rapprochée. De très près, même. De la paume, elle avait caressé les cheveux relevés en chignon de l'infirmière.

– Vous avez entendu ce qu'on vous a dit ?

Lucie avait fait grincer le silence environnant. Une fracture de plus au sein de ce paradis du croque-mort. Sous ses bras, l'infirmière sentit fondre son déodorant. Un zeste de lucidité noyé dans une forte dose de trouille lui fit penser qu'elle se trouvait face à des drogués. Il fallait que ça tombe sur elle. La seule stagiaire du service. Un dimanche. À l'heure de la sieste. Unique moment de répit où elle n'avait pas à vérifier les goutte-à-goutte, à vider les pistolets, à toiletter les escarres, à panser les plaies de l'âme… Tout un programme fort mal payé.

– Je vais essayer d'en trouver un, répondit-elle d'une voix tremblante. Mais je vous en prie, ne faites pas de bruit.

Lucie lui répondit qu'elle était d'accord. Martin recula le flingue de quelques centimètres pour qu'elle puisse bien voir que cette gueule noire, béante et parfaitement cylindrique était cracheuse de mort. La jeune infirmière s'empara du téléphone et composa un numéro d'accès direct.

– Docteur Morgenstern ? C'est Corinne… J'ai un problème. Vous pouvez venir ?… Oui, c'est urgent… Non, je ne sais pas… Très bien…

Puis, raccrochant le combiné, elle ajouta : « Il arrive. »

Un nouveau silence, suaire invisible, les drapa. Martin, plus tendu, chercha plusieurs fois à capter le regard de Lucie qui scrutait le couloir avec une farouche détermination. Le docteur Morgenstern ne tarda pas à arriver. Apparition sèche, la cinquantaine émaciée, marchant d'un pas vif.

– Bon, Corinne, j'espère que vous ne m'avez pas dér…

Il n'alla pas plus loin. Il venait de découvrir cet étrange objet braqué sur lui.

– Bonjour docteur.

Morgenstern conserva son flegme. Il se contenta de lorgner froidement le revolver avant de dire :

– Qu'est-ce que vous voulez ?

– On veut mourir !

La réplique était sortie doucement de la bouche de Lucie.

– Je vous demande pardon ?

– On veut mourir, docteur, insista calmement Lucie… Et vous allez nous aider !

Morgenstern accusa le choc apparemment sans broncher. Il passa de Lucie à Martin. Puis revint sur Lucie. Il ne décelait aucune folie sur les visages de ce jeune couple. Juste une farouche volonté, mâtinée par instants d'une once de naïveté.

– Autant vous prévenir, l'euthanasie est contraire à mes principes… Bon, vous souffrez de quoi, au juste ? ajouta-t-il en tentant de forcer sur le cynisme ; une méthode comme une autre.

– De rien… De rien qui vous regarde, répondit Martin en se rapprochant du toubib avec ce qu'il fallait de soupçon dans le faciès pour intriguer.

– D'ailleurs, on ne vous demande pas de nous tuer,

on vous demande seulement de nous donner de quoi nous tuer…

– Pour le reste, on se débrouille.

– Vous avez tout ce qu'il faut pour ça, répliqua froidement Morgenstern en désignant le revolver toujours pointé sur lui tandis que Corinne, muette de stupeur, regardait la scène en ouvrant tout ce qu'elle avait de plus rond : ses yeux, ses oreilles, sa bouche.

– Vous ne comprenez pas, docteur, insista Lucie, nous, ce qu'on veut, c'est mourir ensemble… Et avec ça, c'est pas possible.

– Bon, la plaisanterie a assez duré, répliqua Morgenstern en tournant brusquement les talons.

En deux bonds Martin fut sur lui. Une de ses mains le happa au cou. Le canon du revolver s'incrusta dans ses reins.

– On est pas des rigolos, ducon !… Alors tu vas faire ce qu'on te demande sinon t'es pas prêt de revoir tes gosses !

La douleur dans son dos. Les phalanges de Martin incrustées dans sa nuque. Morgenstern capitula.

– Je ferai ce que vous voulez, mais lâchez-moi, vous me faites mal.

– OK, mais tu fais rien qu'un faux pas et t'es mort, siffla Martin. Tu m'as bien compris, carabin de mes deux ?

– Oui, suivez-moi…

Martin abandonna le cou médical et amidonna de la pointe de son flingue la raie des fesses du toubib.

– Bien, je vois qu'on commence à être en phase tous les deux… Après toi, docteur !

– Vous venez avec nous, ajouta Lucie en désignant Corinne qui triturait machinalement un pan de sa blouse… Allez, venez !

Le docteur Morgenstern et l'infirmière stagiaire Corinne précédèrent Lucie et Martin dans le couloir. Toutes les portes des chambres étaient fermées. Sauf une. D'où s'échappa une faible voix. Une voix contenant tous les accents d'une lassitude extrême ; presque détachée de son enveloppe charnelle.

– Docteur… S'il vous plaît…

Le groupe, Morgenstern en tête, s'arrêta. D'instinct, Martin fit disparaître le revolver dans son dos. Tous les regards se focalisèrent sur l'homme, en pyjama, qui se tenait quelques centimètres en retrait du chambranle de la porte. Un grand type au visage ravagé de souffrance. Les yeux cerclés d'ocre brune, enfoncés dans les orbites. Les joues donnant l'impression de se rejoindre, accentuant la saillie des pommettes, arrondissant la bouche ; cul de poule clairsemé de dents déchaussées. Et le corps. Décharné, vacillant sur des muscles atrophiés, se terminant par de longs doigts cloués sur un déambulateur. Comment, après, ne plus douter de la vie.

– J'en peux plus, docteur… J'en peux plus… Je…

– Michel, le coupa Morgenstern, je vous ai dit cent fois de ne pas vous lever. C'est pour votre bien…

– Pas de cinéma, docteur… On ne sort pas d'ici !

– Corinne, aidez-le à se recoucher… Elle peut ? ajouta-t-il à l'adresse du jeune couple.

D'un battement de cils, Lucie donna son accord. Puis, pudique, saturée par cette vision, elle détourna la tête.

– Michel, je viens vous voir dans cinq minutes.

Corinne, en attendant, vous restez avec lui.

Bouffée de fraîcheur, Lucie et Martin avalèrent la fin du couloir derrière le docteur Morgenstern. Lorsqu'ils arrivèrent devant la pharmacie du service, ce dernier, en ouvrant la porte, se contenta d'articuler :

– Ce garçon que vous venez de voir… Il a sensiblement le même âge que vous !

Lucie et Martin restèrent muets.

– Et lui, croyez-moi, il a de bonnes raisons de vouloir en finir !

La porte s'ouvrit, découvrant une pièce impeccable, bardée d'étagères et d'armoires réfrigérées sous la haute surveillance de serrures sophistiquées. Sentant qu'il avait pris un ascendant psychologique, le médecin tenta sa chance.

– Franchement, je ne vous en voudrai pas mais il est encore temps de faire marche arrière. Vous êtes jeunes, beaux, apparemment vous vous aimez… Il le faut pour faire une demande aussi incongrue… Mais, je ne suis pas psychiatre, je…

– Arrêtez, docteur…

– Juste une question, coupa à son tour Morgenstern. Ça ne vous dérange pas de venir foutre le bordel dans un endroit comme celui-ci ? On meurt vraiment, ici… Vous n'êtes pas au royaume de l'état d'âme, mes enfants…

– Nous appelle pas comme ça et fais pas chier avec ta morale… Le mec qu'on vient de voir, moi, il y a longtemps que je lui aurais fait sa dernière injection.

Martin venait de parler. Mais, désormais, son arme manquait d'assurance dans sa pogne de grand sensible.

– Vous n'avez pas bien compris… Ici, on ne donne pas la mort… On accompagne simplement les malades le mieux possible jusqu'à la mort. On essaie juste de leur apporter de la dignité, de la tendresse. De l'amour, même, avec tous les bémols que ça peut comporter… Ça peut vous paraître idiot, mais la mort, au cœur même de ce service, on essaie de l'apprivoiser… Et puis on aide les familles à se préparer, aussi. Vous avez de la famille, bien sûr ?

– Putain, ta gueule !… Tu dis encore un mot et…

D'une caresse de la main sur le lisse de son visage, Lucie calma son compagnon.

– Docteur, notre décision est prise, dit-elle d'une voix étrangement douce. Vous ne pourrez pas la changer. Alors finissons-en… S'il vous plaît, donnez-nous ce qu'on vous demande et après, promis, on disparaît… Vous n'aurez qu'à faire comme s'il ne s'était rien passé.

– Ça te ferait si mal au derche de nous voir disparaître ?

– Pour un autre monde, oui. Mais je n'ai pas le choix…

– Je crois que non, renchérit Lucie.

Alors, secouant négativement la tête, le docteur Morgenstern, éminent gérontologue, reconverti en partie pédiatre depuis qu'un certain virus ne latexait pas suffisamment la jeunesse, puisa dans une armoire un flacon anonyme de médicaments en gélules. Devant la méfiance des jeunes « patients », il expliqua que ce produit était le même que celui que l'on utilisait désormais aux États-Unis, en intraveineuse, pour l'exécution des condamnés à la peine capitale ; en remplacement de la fée électricité. Puis il leur assura que leur mort serait rapide. Qu'ils ne sentiraient rien. Que le néant se ferait aussi doux qu'un rêve. Le dernier.

– Vous voulez peut-être que je vous démontre son efficacité sur ma personne ? demanda Morgenstern afin de faire tomber leurs dernières réticences.

– Non, docteur, on vous fait confiance, répliqua Lucie en se saisissant des précieuses gélules. Merci pour tout…

– Et pardon pour le dérangement, émit faiblement Martin en coinçant le revolver derrière son jean.

Ils plantèrent là le toubib. Son docte timbre les rattrapa.

– Vous n'êtes que des p'tits cons !

Avant de disparaître totalement de son univers, Lucie lui accorda quelques brèves secondes.

– Peut-être… Mais votre serment d'Hippocrate n'y peut rien, docteur !…

Morgenstern se fendit d'un de ses mouvements de tête qui en disait long sur sa lassitude.

– Attendez, je…

– On a vingt ans, le coupa Lucie… « On vit notre destin comme des brèmes »… Ferré l'a dit…

Bientôt, pour Morgenstern, le velouté de la cuisse de Lucie, dévoilé par le drapé trop fluide, ne fut plus qu'un souvenir. Celui de vouloir mourir à vingt ans. Une idée qui l'avait effleuré lui aussi, en temps utile. Mais seulement effleuré ; un soir, de la pointe d'un couteau trop indécis pour entailler ses veines reliées à un cœur meurtri. Maintenant, à cet endroit précis, la mort l'attendait chaque jour au détour d'un couloir. La vie le fuyait mais c'était celle des autres. Et s'appeler Morgenstern, dans ces cas-là, docteur pour les intimes, Morgui pour sa légitime, n'y changeait absolument rien. Et pourtant, il s'accrochait à son nom… Morgenstern : « Étoile du matin » en allemand. Cette Allemagne qui avait laissé une grande partie des siens, sous d'autres cieux, au pied des miradors. C'est peut-être pour cette raison que, désormais, il faisait tout pour prolonger la vie. C'était devenu son sacerdoce.

Grabataires, mourants, clopants éclopés, personnel hospitalier, vigiles en faction, rien ne put arrêter la fuite en avant de Lucie et Martin. Ils avaient furtivement revu Corinne maladroitement penchée sur le destin de Michel. En tout bien tout bonheur. La main gantée, aseptisée sur un sexe ramolli. Cherchant, lui aussi, la délivrance dans des désirs qu'il ne pourrait plus assouvir. Corinne stagiaire. Avec Michel, c'était différent. Elle faisait exception. Les vieux mâles en totale décrépitude lui quémandaient souvent une ultime vision toisonnante. Oubliant les principes, les préceptes, ils ne voulaient pas crever sans avoir revu ce qui avait donné à leur existence une raide apparence. Mais Lucie et Martin s'en fichaient. L'unité de soins palliatifs n'était plus qu'un cauchemar. Eux ne connaîtraient jamais ça. Prêts pour le grand saut, ils se l'étaient juré avant même d'y pénétrer.

Ils choisirent un hôtel deux étoiles et insistèrent auprès de la patronne pour qu'on ne les dérange sous aucun prétexte. Ils se barricadèrent soigneusement dans cette chambre proprette aux couleurs douces et tirèrent les rideaux. Ils prirent un long bain; silencieux, les yeux dans les yeux. Lorsqu'ils furent sec, Martin déboucha une bouteille de champagne. Ils trinquèrent, sirotèrent doucement le breuvage puis tombèrent dans les bras l'un de l'autre. Ils firent l'amour passionnément ; sans pudeur ni retenue, ne séparant leurs lèvres que pour reprendre leur souffle. La jouissance les entraîna ensemble, dans le même sillon, dans un râle mêlé qui leur sembla durer une éternité. Lorsqu'ils eurent repris leurs esprits, ils esquissèrent un pauvre sourire. Tous les mots étaient désormais inutiles. Leurs yeux brillaient d'une flamme que rien ne semblait pouvoir éteindre. Quatre cercles de feu ; aucune place pour un cinquième. Alors, Martin tendit une nouvelle coupe à Lucie. En retour, elle lui offrit la moitié des gélules. Ils les contemplèrent, les roulant dans le creux de leur main, quelques instants. Puis, d'un geste commun, ils les avalèrent une à une, en les faisant couler avec le champagne. Lorsqu'il n'en resta plus, ils eurent encore la force d'échanger un dernier baiser, de s'allonger côte à côte au creux du lit tiède et d'unir leurs mains à tout jamais.

Quelques heures plus tard, les gendarmes, prévenus par l'hôtelière, les trouvèrent dans cette même position ; les traits détendus, le visage apaisé. Ils récupérèrent également une lettre posée en évidence sur une petite table en acajou.

À ceux qui nous liront,

On part, c'est décidé. Ne cherchez pas à savoir pourquoi.

Ne cherchez pas non plus à nous plaindre ou à nous condamner. On part simplement et doucement. Parce qu'on le veut. D'un commun accord. En nous aimant.

Comme dernières volontés, nous demandons à être incinérés. Mélangez nos cendres et jetez-les où bon vous semble. Au gré du vent ou d'un fleuve.

La lettre était signée de la main de Lucie et de Martin. Elle précisait qu'ils étaient sains de corps et d'esprit au moment des faits et qu'elle n'avait pas été dictée sous la contrainte.

La lumière, blanche et crue, venue du fond du tunnel, les attirait irrésistiblement. L'un après l'autre, à peu de temps d'intervalle, ils ouvrirent leurs paupières. Ils durent vite déchanter. À défaut de lumière céleste ou divine, ils étaient aveuglés par le soleil qui inondait leur chambre d'hôpital. Malgré le contre-jour, Lucie et Martin reconnurent assez vite, dans un coin de la pièce, le docteur Morgenstern qui avait veillé sur leur long sommeil. Ce dernier se gardait bien de le montrer mais sa satisfaction était grande. Pour une fois, la vie triomphait dans son service. Il interrogea ses Tristan et Iseut du moment et, lorsqu'il leur demanda pourquoi ils avaient fait ça, Lucie répondit de sa voix douce :

– On avait peur de ne plus s'aimer autant en vieillissant.

Lucie et Martin ne tentèrent jamais plus de se suicider. Inculpés de vol avec violences, jugés, ils écopèrent de deux ans de prison. Ils s'écrivirent tous les jours. Lorsqu'ils recouvrèrent la liberté, ils se marièrent. Ils divorcèrent sept ans plus tard et se déchirèrent pour avoir la garde de leur petite Camille. L'ironie – certains diraient la fatalité – voulut qu'ils meurent le même jour, à peu près à la même heure, mais séparés par dix mille kilomètres d'écorce terrestre.

Pour Jean-Pierre H.,
qui m'a relaté ce petit fait divers en forme de sitcom.
Et pour toutes les conneries qu'on a pu écrire ensemble.

VÉROLE AND THE ROC

La neige recouvre tout de son voile de doute. Elle enveloppe la terre, les méandres de la route. Elle camoufle les ornières, les talus. Elle étouffe jusqu'à mes certitudes. Alentour, les arbres déplumés qui bordent la maigre départementale semblent résignés. Le ciel, plus bas qu'un rez-de-chaussée, les asphyxie dès la racine. C'est une noire journée et, pourtant, où que je regarde, je ne vois que du blanc, de l'immaculé. Un instant, je doute même que la nuit puisse seulement pointer le bout de son nez. Je reste concentré sur mon volant. À écouter le doux ronronnement du moteur.

Six heures plus tôt, je t'ai vue disparaître, happée par un trou rouge. Dans la gueule béante d'un incinérateur qui avait trop bouffé de piment.

– Si on allait se balader ?

À travers les carreaux, j'ai jeté un œil au-delà de la

cime des montagnes. Un vent tourbillonnant précipitait une bande de cumulonimbus suicidaires sur les arêtes acérées.

– Il va bientôt neiger.

– Allez, François, on n'est pas obligés d'aller loin. Juste un petit tour, histoire de dire. J'ai trop bossé ces derniers temps... J'ai besoin de me dégourdir les jambes !

J'ai tourné la tête vers Carole et j'ai vu qu'elle avait déjà enfilé ses chaussures de marche et qu'elle avait croisé, sur son 38 de femme enfant, deux bons mètres de Nylon qui lui grimpaient jusqu'à la naissance du mollet.

– Allez, elle a insisté, toi aussi, ça va te faire du bien.

Je vais bientôt attaquer les premiers lacets menant au village. L'aiguille du compteur est stabilisée sur un petit 50 de raison. Je conduis sans à-coups, le cœur lourd mais le pied léger et la main contre-braqueuse. Malgré mes précautions, je sens néanmoins par moments la 306 se dérober sous moi. Avec les derniers événements, j'ai oublié de chausser les pneus neige. Les chaînes, elles, doivent rouiller dans un coin du garage. Visibilité de plus en plus nulle. Je m'enfonce toujours et encore dans la purée de pois. Dans cette purée de poisse.

La bouche brûlante. L'attente. Plus de salive à avaler. Interminable attente. Le souffle de la machine. Toi dedans. Et une formidable envie d'avaler cul sec un tonneau de bière. Ou n'importe quoi d'autre pourvu que ça coule à flots.

– On s'arrête là, Carole.

Elle a braqué vers moi ses yeux verts. Elle a dégagé une mèche de ses cheveux qu'une bourrasque avait plaqués entre ses lèvres avant de me lancer un petit sourire.

– On rentre, maintenant ! j'ai insisté.

Depuis une heure déjà que nous gravissions ce sentier de grande randonnée, le plafond n'en finissait pas de tomber et comblait progressivement la vallée. En contrebas, on apercevait encore les toits éparpillés du village. Pour combien de temps encore ? À tous les coups, cette saloperie de temps de chien allait nous rattraper avant qu'on regagne le chalet.

– Carole, tu m'entends ?

Deux ou trois mètres devant moi, elle a pointé un doigt vers le ciel.

– Et si on faisait l'amour là-haut ? Regarde, on dirait du coton… T'as déjà fait l'amour dans du coton ? Dans des kilomètres de coton ?

– Carole…

– Tu serais mon ange, mon Cupidon dans son nuage ! Viens, François !

Amusée par l'image, Carole a éclaté d'un grand rire cristallin et, quittant brusquement le chemin, elle s'est mise à cavaler vers les nues.

– Merde, Carole, j'ai pas envie de me geler les noix.

– Allez, viens…, elle m'a crié en se retournant une dernière fois.

– Bordel, va pas par là, c'est dangereux !

Elle ne m'écoutait plus ou si peu. Elle escaladait toujours et encore les flancs rocailleux de la montagne.

Elle avait trente bons mètres d'avance sur moi quand je me suis décidé à me lancer à sa poursuite.

Premiers virages en épingle, premiers frissons. Dérobade du train arrière. Patinage à chaque reprise. Flirt avec les bordures. Village, trois kilomètres. Je ne vois pas la pancarte. Je la devine.

Tout comme toi dans ton linceul de feu.

– Pas par là, merde !

J'ai pesté, forcément. Plus je courais et plus Carole disparaissait. Insensible à mes injonctions. Elle n'était plus qu'une silhouette. Un fantôme errant dans une lande abrupte que j'ai fini par rejoindre au bord du gouffre, de l'insondable. Je l'ai attrapée par les épaules.

– Tu m'as fait peur.

– Embrasse-moi au lieu de dire des conneries.

Sans attendre ma réaction, elle a plaqué sa bouche sur la mienne. Tout en m'embrassant, elle a collé sa main sur ma braguette et, doucement, a commencé à me caresser. Elle soudait si consciencieusement ses lèvres aux miennes que j'ai dû batailler ferme pour me reculer et avaler d'un trait le demi-nuage que quémandaient mes poumons en manque d'oxygène. Malgré cet effort, Carole me tenait toujours les couilles.

– C'est pas romantique, notre petite balade ?

– Ca...a...rol... C'est plus de mon âge, ces jeux-là !

À moins d'un mètre de nous, un à-pic vertigineux se serait normalement offert à nos regards. Je n'entrevoyais que le commencement du vide.

– Qui t'a dit que c'était un jeu, François ? Qui t'a dit que c'était un putain de jeu ?

– Ca…

Elle a mû sa caresse en torture. Noyé dans le cumulonimbus, je percevais à peine ses yeux. Je ne sentais que la pression, sans cesse croissante, de ses phalanges sur ma virilité. Au prix d'un nouvel effort, j'ai réussi à lui faire lâcher prise. J'ai posé un genou à terre pour tenter d'endiguer la douleur.

– T'es vraiment le roi des faux-culs !

– Qu'est-ce que tu veux dire ?

Pour toute réponse, elle m'a balancé son pied en travers de l'estomac. Tout mon corps a basculé d'un bloc. À grand renfort de gestes, j'ai tenté de me raccrocher aux branches de la masse nuageuse.

Les couilles me grattent mais je n'ose pas lâcher le volant. Trop d'instabilité. Cette nouvelle amorce de virage, je la prends limite. Une sale sensation. Les roues qui tournent mais pas la caisse. Un tout droit face au béant. Par réflexe, j'écrase les freins. La tonne de tôles se met en travers. Je ne sais plus quoi faire. Je tricote des deux mains dans tous les sens. Au petit bonheur la malchance. Fracas de la carrosserie contre la pierre. Je me retrouve arrêté contre un parapet, une roue à deux doigts du précipice.

Immobilisé. Tout comme toi dans ta petite urne en chêne.

Je me suis finalement raccroché à peu de choses. Quelques bribes de racines et un tronçon de lucidité.

Le corps à la fois raide et pendouillant. Les pieds plus frissonnants que des narines, cherchant, flairant l'aspérité. Carole me dominait. Penchée sur mon vide, elle souriait. Un sourire hydrophile.

– Alors, François, tu te rafraîchis la mémoire ? Tu commences à comprendre ce qu'on fait là ?

– C'est pas drôle…

J'avais subitement oublié mon mal de burnes et mes maux de bide. La position, sans doute. Je devais lutter pour ne pas sombrer. Me maintenir. Encore un peu. Au moins pour comprendre.

– Oh si, c'est drôle. Aussi drôle que les analyses du labo que j'ai été chercher ce matin.

Carole parlait doucement. Comme à un prématuré dans sa couveuse. J'ai tenté de dessiner deux points d'interrogation avec mes sourcils. J'avais le poil à l'envers.

– ¿…¿

– Syphilis, c'était marqué ! Syphilis, tu m'entends ?

Là, elle avait un peu crié. Mais ça allait, j'étais tout à fait réveillé et conscient que la bulle où je me trouvais n'était pas la plus hospitalière.

– Je vois pas le problème, Carole… Enfin si, mais bon…

Pas facile de trouver les mots quand on a les mains prises par son destin. J'ai tout de même essayé.

– Si t'as la syphilis, comme tu dis, ça veut sans doute dire que je l'ai aussi !

– Te fous pas de ma gueule, François… Dis-moi avec qui tu as couché ou je t'écrase les doigts un par un ! Avec qui, salopard ?

– Mais avec toi, mon amour !… Aide-moi, j'ai des crampes ! Je ne vais pas tenir longtemps dans cette position.

J'ai vu Carole serrer les mâchoires et approcher un pied de mes phalanges. J'ai fermé les yeux.

Bordel de merde. Pas moyen de redémarrer. Mes roues patinent encore et toujours. Je ne vais quand même pas passer la nuit ici, dans cette foutue chiotte. J'essaye encore. En première puis en seconde. Rien à faire. J'entends juste mes gommes faire du surplace en chuintant sans parvenir à accrocher la neige. Je coupe le contact. Je n'arriverai à rien comme ça.

– Si seulement tu pouvais m'aider, je lâche en tournant la tête sur le côté, vers le siège passager.

Et je te vois, Carole. Je te vois, éparpillée dans ta petite urne en chêne.

– Alors, François, c'est qui la pouffe avec qui t'as couché ?

Je savais Carole d'un naturel jaloux mais pas au point de me balancer par le vide sans autre forme de procès.

– J'ai couché avec personne, je te le jure !

– Ah oui ? Et comment tu expliques les analyses du labo ? Comment tu l'expliques, cette vérole ?

– J'sais pas, moi, ils se sont peut-être gourés, ces cons !

– Me mens pas, François.

Difficile de mentir quand une semelle spéciale caillasse vous écrase la seule attache qui vous relie encore à la vie. En l'occurrence, c'était ma main gauche.

– Je te le jure, Carole ! Déconne pas s'il te plaît ! Ça peut très bien se choper aux chiottes, ces trucs-là !

Elle ne m'a pas paru spécialement convaincue mais elle a quand même retiré son pied. Puis elle s'est penchée vers moi pour me tendre la main. C'est là que, je ne sais pas pourquoi, elle a basculé dans l'abîme. L'espace d'un instant, je l'ai vue passer par-dessus ma tête en poussant un hurlement. Son corps, son cri, tout ne fut bientôt plus qu'un lointain souvenir perdu, étouffé dans la masse nuageuse. J'ai peiné pour me rétablir.

Je te récupère sur le siège passager et j'ouvre ma portière. Avec mille précautions, te serrant contre moi, je sors de la 306. Un froid vif me saisit. Je pense à toi qui vient d'avoir si chaud et, un instant, je ne suis pas loin de t'envier. Sur des œufs, je contourne la bagnole. Apparemment elle n'a pas trop souffert. Un choc sans conséquence qui a juste enfoncé une aile. Je te pose devant le moteur et j'entreprends de dégager la neige qui s'est accumulée devant le train avant. Les doigts gourds, je te regarde une dernière fois et, sans aucun cérémonial, je déverrouille ton urne.

Le reste n'est que technique. Te déposer sous les roues motrices. Tapisser au mieux. Te répandre de façon uniforme.

C'est fait. Je remonte dans la voiture. Contact. Moteur qui ronronne à nouveau. Première. Mollo sur l'accélérateur. Idem pour l'embrayage. La 306 s'ébranle.

Merci, Carole. Tu seras toujours près de mon cœur.

J'entrevois maintenant les premiers toits du village. Demain, j'irai voir la salope qui nous a plombés et, si le temps le permet, je l'emmènerai faire une petite randonnée.

Comme les escrocs et les déserteurs,
les amants sont des fuyards.
Irène Pennacchioni,
De la guerre conjugale, Mazarine, 1986.

Pour Rirou

La vie conjuguée

Je ne sais plus à quoi je pouvais bien penser à mesure que le cercueil s'enfonçait dans la terre. Je ne me souviens que de peu de choses en vérité sur ce jour-là. Des impressions fugitives volées à ma douleur kaléidoscope. Quelques images, des bribes, des faux-semblants, du trop réel, du tellement con, du vraiment bête, du « pourquoi moi ? Pourquoi à moi ? » Oui, peu de choses et presque rien. Un aveugle égoïsme. Un ciel d'amiante. Des parois abruptes, vertigineuses. Des frissons. De longs silences parfois rompus par des toux grasses. Des froissements. Des accolades et des petits sourires pleins de pitié. « Sois courageux, mon gars, sois fort, c'est dans les plus grandes peines que l'on mesure combien la vie vaut d'être vécue. » Foutaises de vrais enfoirés de faux amis. Pas plus tristes que ça.

Juste pressés de voir leur goutte au nez sombrer dans leur vin tiède. Pressés de m'appeler demain, plus tard, jamais, quand ça irait mieux. Quand mon deuil serait consommé, consumé. Non, peu de choses, presque rien. Sauf, bien sûr, les fins doigts gourds de Nina se frayant un chemin dans ma paume quand les premières pelletées de terre molle ont commencé à recouvrir le dernier lit de Catherine. La main de Nina dans la mienne. Froide et pourtant chaleureuse.

Nina, le soir même, je l'ai emmenée dîner au restaurant. Je ne me souviens pas que nous ayons échangé un seul mot de tout le repas. Un repas vide de phrases et des estomacs peu remplis. Je me souviens juste du reflet des bougies sur ses boucles brunes dans un parfait désordre. Je me souviens de nos regards humides et de la deuxième bouteille de bourgogne que nous avons partagée pour noyer tous les mots. Je me souviens que nous sommes rentrés à pied dans les rues mortes et que l'appartement m'a paru immense sans Catherine. Je me souviens que Nina s'est affalée dans le canapé. Que je suis resté debout à errer dans le salon. Que j'ai fini, seul, la bouteille de whisky. Je me souviens que Nina s'est endormie sur le canapé. Que je n'ai pas voulu la réveiller. Que j'ai déposé un gilet sur ses épaules. Je me souviens que j'ai éteint les lumières. Que je me suis réfugié dans ma chambre. Que je me suis jeté sur le lit en sanglotant. Que j'ai attrapé l'oreiller de Catherine. Que j'y ai déversé le plus apparent de ma tristesse. Et après, c'est bête, mais je me souviens du plafond. Déjà taché par le tabac alors qu'on l'avait repeint moins de trois ans auparavant.

Après, je ne me souviens que de Nina.

Elle est entrée sans faire de bruit. Son profil, son ombre, sa cascade de cheveux sur le long tee-shirt, ses cuisses duveteuses. Elle s'est plantée au bord du lit, face à mes orteils recroquevillés sous la couette.

– Paul, j'ai froid.

J'ai tendu une main vers elle. Elle s'est glissée, silencieuse, feutrée, à la place de Catherine.

– Paul, j'ai peur.

J'ai passé un bras autour de ses épaules. J'ai déposé un baiser sur son front moite. J'ai senti la pointe de ses seins durs contre mon torse. J'ai humé la douce chaleur du coton déjà imbibé de ma sueur. J'ai apprécié la douceur de son mollet contre le mien. Je me suis imprégné de ses effluves.

– Paul, je...

– Chhhhh... Dors, maintenant.

Je me souviens que sa respiration s'est lentement apaisée. Qu'elle est devenue tout à fait régulière. Je me souviens de son souffle chaud sur mon cou. Je me souviens, aussi, que je n'ai pas fermé l'œil de cette nuit passée à me raccrocher aux aspérités d'un cercueil qui n'en finissait pas de s'enfoncer et qui, dès les premières lueurs de l'aube, ne devait plus être très loin de la Chine. Et tout ça à cause d'un putain d'accident. Une simple chute du sixième étage. Quand Catherine s'était trop penchée pour nettoyer les carreaux.

Nina n'est pas venue le deuxième soir ni le troisième. Mais le quatrième, vers deux heures du matin, à nouveau, elle est entrée. Diffuse, diaphane, dans la faible clarté de ma lampe de chevet.

– Paul, j'arrive pas à dormir.

– Moi non plus.

– Je peux venir ? elle m'a demandé sans prendre le temps d'attendre la réponse.

J'ai posé le livre que je tentais laborieusement de décoder sur ma poitrine. Elle était là. Proche, toute proche. Vanille sans vanité. Candeur et candi. Son nez a décrit une large boucle autour du mien. Elle a frotté sa joue sur ma rugosité. Puis, d'un coup, sans que je le réalise vraiment, ses phalanges ont happé mon sexe. Elles l'ont doucement pressé.

– Nina, qu'est-ce…

– Chut, Paul, toi aussi tu dois dormir, maintenant.

– Nin…

– C'est drôle, Paul, ça devient aussi dur que le chagrin.

Je me souviens de tout, ensuite. Je me souviens d'un intense bonheur rarement égalé. D'une fraîcheur dans l'amour. D'une ingénuité jouissive. Je me souviens avoir dormi comme un bébé. Je me souviens des mots de Nina, au réveil. Ses doigts toujours ancrés sur ma verge.

– Paul, tu vas pas m'abandonner, hein ?

Et, si je me souviens bien, je n'ai pas dû trouver la force de dire « SI ». Et, pourtant, j'ai pensé que j'avais fait une sacrée connerie. Sans doute la plus belle de ma vie.

À ce moment précis, Nina avait seize ans. J'en avais trente-six. Nina était orpheline de père et de Catherine. J'étais en quelque sorte son beau-père depuis déjà sept ans que je partageais d'une union très libre la vie de sa mère. Nina, je l'avais vue pousser, monter en graine jusqu'à en devenir une belle jeune fille. Je l'avais vue fleur et elle était déjà femme. Elle était également tout ce que j'aimais et détestais chez Catherine. Atavisme poussé jusqu'au tréfonds de l'orgasme.

Père et amant. Je le suis devenu par la force des choses et de cette impuissance à pouvoir briser cette utopique topique. Un mauvais père, un bon amant ? Le contraire, peut-être ? Ou plus simplement ni l'un ni l'autre, mauvais en tout. Elle, moi, des lois et des tabous, je naviguais en eaux troubles alors qu'elle papillonnait en surface avec une assurance et une décontraction qui me laissaient pantois. Bien sûr, notre relation restait cachée. Pour les quelques amis et la famille j'assumais courageusement les devoirs que Catherine me laissait. Même l'administration n'avait rien trouvé à redire face à mon désir de parachever son éducation. Cette situation amusait énormément Nina qui, en public, jouait avec application son rôle de petite fille rarement modèle, souvent révoltée, n'hésitant pas à braver mon autorité. Ouvertement et sans fard.

– C'est l'adolescence… C'est normal, ça passera, me consolaient certains avant de prendre congé. Courage, vieux, tu tiens le bon bout. Dans moins de deux ans, elle est majeure cette petite peste.

– La petite peste elle t'emmerde, vieux con, leur répondait-elle avant de s'enfermer dans sa chambre.

Je n'avais souvent qu'un faible « Nina » à lui opposer. Un « Nina » qui me valait indulgence, colère ou pitié, selon le cas, de la part des visiteurs.

Le grand plaisir de Nina était alors de venir me retrouver dans le lit ou sur le canapé quand la porte s'était enfin refermée sur ces fâcheux.

– J'ai été bien, non ? minaudait-elle alors en se lovant contre moi.

Je dois bien avouer que ça me plaisait. Rien que de voir la tête qu'auraient pu faire mes potes s'ils avaient pu nous voir enlacés sous la couette ou rampant sur la moquette me remplissait d'aise et, souvent, après cette bonne tranche de rigolade, nous faisions l'amour comme des gosses. En toute innocence. Nous nous contentions simplement de fuir le regard des autres puisqu'ils n'auraient certainement pas été capables de comprendre les nôtres.

Dans l'intimité, Nina affichait la simplicité de la vie conjuguée au futur. « Nous irons, nous ferons, nous aurons… » À travers elle, je redevenais le gamin espiègle que j'avais cessé d'être. Bien avant la mort de Catherine. J'avais à nouveau des rêves plein la tête. Et je m'autorisais à les vivre pleinement. Dans une sorte de fuite en avant où aucun deuil n'avait plus vraiment sa place. De Catherine nous ne parlions jamais. Ou si peu. Sa mémoire n'était évoquée qu'en filigrane. J'avais retiré les photos et les cadres de la chambre car j'avais mal supporté de me retrouver le nez collé à son sourire un jour où Nina m'avait entraîné dans de nouvelles acrobaties.

Les débuts de notre liaison furent, pour moi, les plus

perturbants. Un vieux reste d'éducation et un ersatz de bonne conscience bourgeoise m'empêchaient de me laisser totalement aller à mes pulsions, à mes envies. Je devais apprendre à désapprendre ce que m'avait inculqué la société. Je suis très vite devenu un bon élève. Une sorte de premier de la classe poussé par un instinct grégaire. Et j'ai proscrit de mon vocabulaire des mots comme « remords » ou « honte » pour me laisser bercer par la passion que m'inspirait ce petit bout de femme. Un mètre soixante de tendresse et de griffes qui me renvoyait au bout de la queue les fourmillements de ma jeunesse. Pour autant, je n'oubliais pas Catherine. Comment aurais-je pu ? Chaque instant passé avec Nina me rappelait qu'elle m'avait laissé le plus beau des héritages : une vraie part d'elle. Un soleil bien vivant et le même grain de beauté sur la fesse gauche.

Pendant plus d'un an, nous avons baigné dans une sorte de bonheur que rien ne semblait pouvoir contrarier. Près et contre moi, elle semblait découvrir le monde avec un plaisir évident. Son sourire me contaminait la tête. J'avais bien du mal à lui refuser quoi que ce soit, indulgence poussée jusqu'aux mauvaises notes qu'elle me ramenait souvent du lycée. J'intervenais le moins possible dans ses études. Il faut dire qu'un deux en dissert' de français avait passablement refroidi mes ardeurs. Alors, dès que nous en avions l'occasion, je l'emmenais respirer un autre air. Là où, au regard des autres, nous n'étions qu'un couple ordinaire. Dans certains hôtels, nous ne déparions pas en comparaison des vieux beaux flanqués de minettes d'au moins trente ans leurs cadettes. Nina aimait les hôtels à étoiles. Nina adorait qu'on lui serve des « madame » et des petits déjeuners au lit. Elle se complaisait dans un mélange de paillettes et de jeans troués, d'échancrures et de maquillages surfaits. Mais elle préférait par-dessus tout les lumières et les fastes clinquants des nuits faciles. Et, quand il m'arrivait de lui reprocher de trop boire, rire ou danser avec de jeunes inconnus, elle me rétorquait, heureuse et étonnée :

– Mais Paul, ma parole, t'es jaloux ?

Oui, je l'étais. Mais je faisais en sorte que cela se voie le moins possible. Par la suite, tout s'est accéléré. À un retour de vacances. Quand un copain toubib m'a découvert un cancer aux poumons.

Après quelques analyses, mon cancer s'est transformé en métastases qui avaient une fâcheuse tendance à proliférer. À mon âge, c'était synonyme de mort. Une échéance que je voulais connaître.

– Dis-moi tout, Daniel !

– Tout quoi ?

– Arrête, ne joue pas sur les mots... Combien ? Combien de temps il me reste ?

– Six mois. Un an. Peut-être moins. Ça dépend comment tu vas réagir au traitement. La chimio c'est...

– Tu te le fous au cul, ton traitement.

– Paul, réfléchis...

– C'est tout réfléchi... Si c'est pour gagner deux mois, je ne vais pas me prendre le chou avec ta putain de chimio. Combien je te dois ?

– Paul, écoute-moi...

Je n'ai plus voulu l'entendre. J'ai insisté pour le payer. Dehors, la pluie brouillait les cartes. J'ai repris ma voiture. J'ai eu besoin de quitter la ville pour réfléchir au rythme des essuie-glaces. Bizarrement, j'ai pensé à Nina plus qu'à moi-même. Nina, face à toute cette humidité, je l'ai conjuguée en une absurde litanie. Doucement puis à tue-tête.

– Nina ?

– Nina ??

– Nina ?!

– Nina !!

– Nina !!!

– Ni…

– Ninaaaaaaaaaaaaaâ !!!!

Je suis rentré tard ce soir-là. Nina était inquiète. Je lui ai expliqué que mon boulot m'avait retenu plus que je ne l'avais souhaité. Elle m'avait préparé un délicieux dîner. Je n'y ai que très peu touché. J'ai préféré m'abîmer entre ses seins. Petites tentations d'une authentique saveur.

Nina allait avoir dix-huit ans. J'ai voulu qu'elle ait la plus belle des fêtes. Pour mon cancer, je ne lui ai rien dit. Je ne me suis confié qu'à Catherine, deux jours plus tard, sur sa tombe que je n'avais pas revue depuis ce jour où tout avait basculé. Je ne sais pas, je ne sais plus ou trop bien, assis sur le marbre gris entre deux « Regrets » que sa famille avait cru bon d'ajouter, Catherine, je lui ai tout raconté. Ma vie et celle de Nina. Ce prolongement. Le passé, le présent, l'avenir et ce combat perdu d'avance que je devais livrer contre mon propre corps. Tout et même cette fête qui, pour moi, allait avoir un drôle de goût. Et, comme les morts sont relativement indulgents, elle m'a laissé m'épancher tant que je le voulais. Et, finalement, je suis reparti avec le bouquet de fleurs que je lui avais amené. Des narcisses. Catherine raffolait des narcisses.

La plus belle des fêtes, je l'ai concoctée pour deux. Pour nous deux. Nina et Paul. Paul et Nina. Plus quelques extra. Narcisses, bougies, caviar et champagne. Nina était radieuse, resplendissante. À la fin du repas, je lui ai tendu un petit paquet. Ruban or sur fond de nuit. Elle l'a saisi en tremblant.

– Paul, il ne fallait pas.

Je lui ai renvoyé un petit sourire. Précieuse et gamine, elle a fait durer le plaisir. Elle a voulu deviner. Elle a cherché, tâtonné, questionné. Que pouvais-je avoir offert à une jeune femme de dix-huit ans ? Au fond du petit écrin, elle a trouvé une chaîne. Et, au bout de la chaîne, une clé. Une petite clé en or qu'elle a fait rouler dans ses doigts. Elle m'a paru troublée.

– Pourquoi une clé ?

– Pour ouvrir la vie, Nina.

– Quelle vie ?

– La tienne.

Je ne souriais plus.

– Paul, qu'est-ce que ça veut dire ?

– Ça veut dire que je vais partir.

Nina m'a regardé, incrédule.

– Dis-moi que c'est pas vrai, Paul… Dis-moi que tu… Dis-moi que c'est pour me faire marcher…

– Non, Nina. Je vais vraiment partir.

Alors j'ai essayé de lui expliquer. Que je préférais rester sur un bon souvenir. Qu'elle était trop jeune pour moi. Qu'il fallait profiter du symbole de cette date anniversaire. Que de toute façon, un jour ou l'autre, c'est elle qui me quitterait pour un autre ou plus simplement pour elle. Pour rien ou pour beaucoup. Une maladresse ou un « je t'aime » de trop. Au nom de la lassitude ou du dégoût qu'engendre l'habitude. Je lui ai parlé d'un mec qui, déjà, pétait dans les draps, rotait entre deux plats et vomissait sous son nez quand il avait trop bu. Nina, je lui en ai raconté des conneries que je ne pensais pas mais que, pour certaines, j'avais déjà faites.

– Tu as quelqu'un d'autre ?

Comment lui dire ? Comment lui faire comprendre que cet « autre » qui m'habitait était vraiment loin de lui ressembler mais que cet enfoiré me rongeait au moins autant qu'elle. Et qu'elle ne pourrait rien contre lui puisque, déjà, avec tout cet amour, elle n'avait rien pu faire.

– Non, Nina. C'est comme ça. Excuse-moi…

Nina a fondu en larmes. Joyeux anniversaire, j'ai pensé. Bienvenu à l'âge adulte. À l'âge des absurdités. Alors, j'ai regardé Nina pleurer. Un trop long moment pour moi. Celui de la démesure d'un espace-temps bloqué sur mon idée fixe. Quitter Nina. Ne pas lui avouer la vraie raison. Qu'elle ignore tout de ma déchéance. Qu'elle ne me voie pas crever à petit feu. Nina. J'ai vu le passé qui défilait sous ses grands cils mouillés. Et, un instant, je crois même avoir souhaité me retrouver une nouvelle fois au bord du gouffre de Catherine. Rien que pour sentir les fins doigts gourds de Nina dans ma paume. Pour sentir encore du bonheur dans ma vie. Une étincelle de chaleur.

– Paul, Paul… Ne pars pas, s'il te plaît… Si tu pars, je vais… Je vais mourir.

– Tout de suite les grands mots.

– C'est vrai, tu dois me croire… Je supporterais pas de vivre sans toi…

Je me suis, une nouvelle fois, perdu dans des explications vaseuses. J'allais vraiment partir. La laisser. Tout lui laisser. Elle n'aurait besoin de rien. Et bientôt plus de moi.

– Ne pars pas…

Cette fois, je n'ai pas répondu. Je me suis levé. Pour la prendre dans mes bras. Une dernière fois. Elle m'a repoussé.

– Me touche pas… Me touche pas… Si tu savais… Si tu savais…

D'un coup, toutes les larmes se sont évaporées sur le visage de Nina. Elle les a balayées d'un geste rageur et j'ai vu dans son regard une chose que je n'avais jamais vue avant. De la dureté. L'espace d'une seconde, une toute petite seconde. Suffisante pour vouloir en savoir plus.

– Quoi, Nina ?

Je ne sais plus. La douceur de ma voix. Mes mains que je triturais. Ce silence tellement pesant. Nina a parlé.

– J'ai… J'ai… Paul, s'il te plaît, ne… Ne m'arrête pas… Si tu savais comme c'est dif… Maman, je…

Maman, ce n'était pas un accident…

– Qu'est-ce que tu racontes ?

– Je l'ai tuée, Paul… Je l'ai poussée… Je l'ai poussée… Tu comprends ? Elle ne pouvait pas comprendre que je puisse t'aimer… Elle… Elle…

Les sanglots et les spasmes ont repris le dessus.

– C'est vrai, Nina ?

La petite clé en or brillait dans sa main. J'ai attrapé Nina par les épaules. Je l'ai secouée de toutes mes forces.

– Dis-moi que c'est pas vrai, bordel… Dis-moi que c'est pas vrai ?

– C'est vrai, Paul.

J'ai mis du temps à pouvoir concevoir l'inconcevable.

– C'était pour toi, Paul… Pour toi, tu comprends ?… Tu comprends ?

J'avais trop bien compris et j'étais désemparé face à cette gamine qui osait m'avouer tout ce que son geste pouvait contenir comme horreur. Elle en a profité pour se lever d'un bond. Avant que je ne puisse esquisser le moindre geste, elle s'est précipitée vers la fenêtre qu'elle a ouverte. Le vent s'est engouffré dans la pièce. Nina a enjambé la balustrade. Six étages plus bas, je devinais la rue. Elle devait croupir dans des flaques sales. De ces flaques qui avaient dilué le sang de Catherine.

– Arrête, Nina…

– N'avance pas, Paul… N'avance pas…

– Nina…

– Avance pas, je te dis !

Je me suis arrêté.

– Ne fais pas ça, Nina. Je t'aime… C'est vrai… Nina, tu m'entends ?

– Oui.

Le vide, le vertige, la fuite. Je lui ai tendu ma main.

– Viens… Après tout, tu es grande, maintenant… Tu vas pouvoir connaître l'enfer.

Je crois bien qu'elle m'a rejoint. Et que j'ai senti ses doigts gourds dans ma paume.

L'un seul

C'est quoi ce silence ?

C'est quoi ce noir ?

Deux questions que je me pose au réveil. Avec la surprise, le corps suit et tente, tous muscles contractés, de se redresser. Mon crâne se heurte contre une paroi avec un bruit mat et le haut de mon anatomie retombe.

– Ahhhhhh !

Mon cri s'étouffe.

– Ahhhh…

Rend gorge.

– Ahh !

Comme un fou, je tente de repousser les limites de ce noir. Où que je me démène, quoi que je fasse, je me heurte. Je me cogne à lui et à ce silence cotonneux.

– Les cons, putain, les cons !!!

Les pieds, les mains, la tête, les hanches, les épaules, tout… Rien n'y fait. Je reste cloué sur ce silence. Sur ce noir qui m'enveloppe totalement.

– Pas ça, putain, pas ça !

Pourtant, très vite, malgré la sourde angoisse qui m'étreint, je dois me rendre à l'évidence : je viens de me réveiller dans un cercueil qui, à l'heure qu'il est et que j'ignore, doit reposer six pieds sous terre.

Si y a pas de quoi devenir cinglé…

Car, oui, je ne rêve pas, ma famille et mes amis viennent de m'enterrer vivant. Ce que je n'ai jamais cessé d'être. Qu'est-ce qui s'est passé, bon dieu ? J'ai dû avoir une sacrée absence pour me retrouver là, dans le douillet du capitonné. Va falloir que je fasse un effort de mémoire. Ce qui n'a jamais été mon truc.

…

J'ai la méninge qui broie du noir.

…

Si, maintenant ça me revient. J'étais au resto en train de dîner avec Alice et René quand ma vision s'est troublée. Alice, c'est ma femme. René, c'est mon meilleur pote. Ma vision s'est troublée, donc et j'ai senti que je partais. Oh ! doucement, tout doucement. Mes doigts se sont agrippés à la nappe à la recherche d'un petit rien auquel se raccrocher. La nappe était mouvante et les verres tanguaient. Je me souviens d'Alice qui m'a demandé avec un voile d'inquiétude dans la gorge : « Ça ne va pas, mon chéri ? » J'ai dû essayer de bredouiller une réponse mais ça ne m'a pas empêché de continuer à glisser, à plonger et finalement à me retrouver le cul par terre. Après, j'ai dû sentir le contact froid, mais pas tant que ça, du carrelage. J'étais dans une sorte de cocon fait de bruits diffus et d'odeurs. C'est fou, les odeurs. Là, ça devait être celles de mes aisselles. Je devais être tombé le nez sur un dessous de bras. Ensuite, j'ai vaguement entendu une agitation dans la salle et la voix puissante de René qui lançait à la cantonade en me plaquant sur le dos et en m'écartant les épaules : « Poussez-vous, je suis médecin ! » En fait de médecin, René, il est légiste. Il a un paquet d'histoires drôles sur les morts mais je ne me sens pas d'humeur d'en raconter une. Bref, j'étais sur le dos et René, il a commencé à m'appuyer de toutes ses forces sur la poitrine en me disant quelque chose comme : « Tiens le coup, vieux, je suis là, ça va aller ! Reviens, bordel, reviens ! » C'est là que j'ai commencé à flotter. À sortir de mon corps, à m'élever à la manière d'une montgolfière invisible puis à contempler la scène d'un air totalement détaché. Il était marrant, René, penché sur mon poitrail. Il avait arraché ma liquette et la moitié de mon thoracique parc pileux d'un même élan. Assis à califourchon sur ma braguette, il massait, il massait à m'en faire péter les poumons. Vu de là-haut, du plafond du resto en fausses moulures, ça paraissait hyper-sexuel. Sauf que je ne bandais pas, que je me foutais totalement que René – qui n'est pas le sosie de Sharon Stone – s'agite sur moi comme un mort d'amour. Désormais, le spectacle était ailleurs. Une lumière blanche et violente n'a pas tardé à m'entraîner dans son sillage. Au loin, des chants de sirènes m'appelaient. C'était irrésistible. Je suis parti vers la lumière sans même prendre le temps de dire au revoir à ma femme ni à René qui suait à grosses gouttes sur mon enveloppe charnelle. La suite est plus confuse. Tous mes sens confondus ont dû tirer le rideau jusqu'à mon réveil dans ce putain de cercueil. Il faut croire que j'ai été déclaré cliniquement mort et que la médecine, malgré toute la confiance qu'on lui accorde de nos jours, peut, au moins dans mon cas, encore faire de sérieux progrès.

…

Des progrès, je me vois mal barré pour en faire.

…

Cercueil, linceul. Je me remémore d'un coup tous ces récits qu'on rapporte sur des types qui, comme moi, ont été enterrés vivants. Comme un paquet de poilus pendant la Grande Guerre, par exemple. Il paraît que, pour certains, la terreur et la faim étaient telles qu'ils n'ont pas hésité à se bouffer des phalanges. Véridique, d'après René. Dans ce qui était leur estomac, on a retrouvé des petits bouts d'os leur appartenant. Ils se becquetaient les pognes, les mecs. Pourtant, après avoir passé des lustres dans les tranchées et peut-être même avant dans les champs, ils savaient ce que c'était que la terre. René, il disait qu'à leur place, il aurait plutôt tenté de choper des taupes.

…

Respirer. Respirer doucement. Ne pas me laisser bouffer par ce noir absolu.

…

Être positif. On finit tous là.

…

Positif. Mais bon, comme salle de réveil, on fait mieux.

…

Positif. Qu'est-ce que je laisse derrière moi ?

…

PO-SI-TIF ! Je laisse un fils boys band à lui tout seul. Une fille qui fricote avec un secrétaire de la mairie de Vitrolles. Une veuve qui, même avant de l'être, adorait s'habiller en noir. Une poignée d'amis myopes qui me confondaient souvent avec une vache à lait. Et un boulot qui, quelque part, me faisait profondément chier. Je gérais le malheur et, beaucoup plus accessoirement, l'avenir de milliers d'hommes et de femmes surendettés.

…

Assez positif, tout ça. Je laisse du positif et… et… Et un testament.

…

Testament.

…

Testament ?

…

Nom de dieu !… Je m'en souviens, maintenant, de mon testament.

– Je m'en souviens !

Un nouvel espoir m'envahit et me fait frissonner des narines dans le frais caisson noir. Fébrilement, je commence à tâtonner. Je tâtonne, je tâtonne, oh putain je tâtonne. Je tâtonne tellement qu'à force de me déhancher, j'ai le gros orteil du pied gauche qui me caresse presque le lobe de l'oreille droite. Pourtant, c'est étriqué, chez moi et je suis aussi souple qu'un premier ministre en exercice. Mais je tâtonne encore. Je tâtonne et je trouve. Je trouve mon testament. J'en pleurerais de joie de trouver mon putain de nom de dieu de bordel de testament : un PORTABLE. J'avais tellement les jetons de la faucheuse et surtout de me réveiller comme un poilu que j'ai spécifié ça dans mon testament : « À ma mort, je veux qu'on mette un téléphone portable dans mon cercueil. »

– Mais chéri c'est idiot, m'avait rétorqué ma femme, les morts ça ne téléphone pas !

– On enterrait bien les vikings avec leurs épées. Tu crois que ça pouvait leur servir pour de nouvelles batailles ?

– Mais c'était en fonction de leur religion !

– Eh bien, moi, ma religion c'est France Telecom Bonjour ! Le Seigneur aux voix pénétrables !

Elle n'avait pas insisté, Alice. Elle s'en était retournée dans son boudoir en haussant les épaules. Mais elle a quand même respecté mes dernières volontés, la petite chérie. Quand je pense que je l'ai trompée une grande partie de sa vie. Je m'en voudrais presque. Enfin, l'essentiel, c'est que j'aie mon portable. Et je l'ai, je l'ai. Il est là, entre mes doigts et je le ramène près de mon visage pour l'embrasser.

– C'est beau la technique, je crie, tout à ma joie de ne pas être né un siècle plus tôt. D'être un enfant du baby-boom et de l'industrie capitaliste.

C'est pas le tout de l'embrasser, la technique. Encore faut-il qu'elle marche. Mais j'ai confiance en France Telecom Bonjour. Je n'ai pas acheté deux mille actions pour rien. Et comme je l'adore, soudain, le petit Asiatique d'environ dix ans qui manipule si bien quinze heures par jour les techniques modernes.

– La tête qu'ils vont faire, ces cons, quand ils vont m'entendre, je ne peux m'empêcher de gueuler avant même que ma deuxième main se pose sur le clavier. Ah, les cons, je vois d'ici leurs têtes de déterrés ! j'ajoute en faisant un colossal effort pour oublier la mienne.

Il se produit alors une chose surprenante qui vient enrayer ma passagère euphorie.

– C'est à moi que tu parles, mon chéri ?

– Alice ?

En moins d'une seconde, je réalise la situation. Alice, je ne l'ai pas appelée et je n'ai pas non plus décroché. Sa voix a jailli sans que je sache comment. Et pourtant, cette voix, je suis sûr que je ne l'ai pas rêvée.

– Pourquoi ça a pas sonné, Alice ?

– …

– Alice ?

– …

Bordel, je ne suis pas fou. J'ai bien entendu la mélodieuse voix d'Alice.

– ALIIIIICE ???

– Oui, mon chéri ! Arrête deux minutes de brailler, je te reçois cinq sur cinq.

– Alice, c'est bien toi, mon amour ?

– Mais oui, qui veux-tu que ce soit ?

– Pourquoi ça a pas sonné, Alice ? Qu'est-ce qui s'est passé ? Qu'est-ce que je fous là ?

– Une question après l'autre, si tu veux bien. Ça n'a pas sonné parce que ce n'est pas un téléphone !

– Pas un téléphone ? je fais en reniflant déjà les archéologues des siècles futurs se penchant sur mon cercueil.

– Oui, mon chéri, ce que tu as entre les mains est un

talkie-walkie. Ou plutôt ce genre d'engin dont on se sert pour écouter les bébés la nuit. Tu sais, pour savoir si tout va bien. Pour prévenir la mort subite du nourrisson.

– …

– Et toi, tout va bien, mon chéri ?

– Qu'est-ce que ça veut dire ? je demande comme j'aurais pu demander n'importe quoi d'autre.

Car, au fond, j'ai déjà trop bien compris.

Ça veut dire que je lui ai tellement empoisonné la vie qu'elle veut me voir souffrir à son tour. C'est d'ailleurs ce qu'elle me répète en moins concis.

– Voilà, mon chéri. Et maintenant, je te passe René !

– …

– Ah, mon ami !

– …

– Tu m'entends, vieux frère ?

– Ouais. Comment il est mon lit, sale con ?

Car ça aussi je l'ai compris. Ce n'est pas parce qu'on est chiant qu'on est crétin. Et ça le fait rire, l'idiot.

– Génial, surtout depuis qu'on a changé les draps !

– Si t'as que ça de drôle à me dire, tu ferais mieux de fermer ta gueule.

– Non, je n'ai pas que ça… Je pensais que ça te ferait plaisir de savoir comment tu es arrivé là.

– Je m'en doute… Vous m'avez drogué, c'est ça !

– À peu près. Tu sais, les médecins disposent de produits formidables de nos jours. Ça te simule un arrêt cardiaque en moins de deux. Pour le reste…

– Je sais, t'es légiste. À la morgue, ça n'a pas dû te poser trop de problèmes.

– Bon, puisque t'as tout compris, je te repasse ta femme. Salut, vieux frère, amuse-toi bien !

– Attends, on est quel jour ?

– Mardi.

– Quelle heure ?

– 18 heures 30. Pourquoi, tu veux connaître l'heure exacte de ta mort ?

– Non… Non, pour rien.

– Tu seras toujours aussi pragmatique, toi, il rigole. Bon, je te repasse ta femme, elle brûle d'impatience de te dire adieu.

– …

– Mon chéri ? Nous t'avons préparé une petite surprise.

– …, mais je m'attends au pire.

– Tu te souviens de ton anniversaire ?

– Lequel ? J'en ai eu quarante-huit.

– Le dernier, voyons ! Tu sais, quand René et moi, soit dit en passant, nous étions très tristes à ton enterrement, on t'a chanté : « Joyeux anniversaire… »

– Des casseroles auraient fait mieux !

– Eh bien je l'ai enregistré en boucle sur ton magnéto à bandes. Je sais à quel point tu redoutes les silences, mon chéri. Là, au moins, tu auras un peu de compagnie !

Et là-dessus, sans un mot de plus, elle enclenche le magnéto. Les premières mesures de : « Joyeux anniversaire… » commencent à déferler dans mon caisson.

…

– « Joyeux anniversaire… »

Quand je pense qu'il y en a qui prétendent que la goutte d'eau est une torture.

…

– « Joyeux anniversaire… »

Ce n'est pas l'envie qui me manque de fracasser ce putain de talkie-walkie contre les parois de mon cercueil. Pourtant, il faut que je tienne. Faut que je tienne, bordel.

…

– « Joyeux anniversaire… »

J'ai faim. J'ai soif. Je sais que dans quelques heures, peut-être des minutes, je n'aurai plus d'oxygène. En attendant, je commence à me ronger les ongles et les petites peaux mortes qu'on a tous au bout des doigts. Je dois attendre encore un peu. Le temps que la bombe scotchée sous le plumard d'Alice et que j'ai programmée d'une semaine à l'autre pour le prochain mercredi à cinq heures pétantes m'offre un joli bouquet final.

Table des matières

Dans la même collection

Curieux sentiments, Pascale Fonteneau

La Dernière peut-être, Daniel Berkowicz

Les Causes du Larzac, Caryl Férey

Tout ce qui tombe du ciel, Francis Mizio

Rachel la dame de carreau, Michel Steiner

Goodnight, Irene, Jan Burke

Achevé d'imprimer en Mai 2000
sur les presses de l'Imprimerie de Montligeon
61400 La Chapelle Montligeon
Dépôt légal : Juin 2000
N° 19857 - N° d'édition : 007

